Frieda Lamberti
Lied der Seesterne

Montlake Romance

Das Buch

Die junge Kinderpsychologin Tori ist in Urlaubsstimmung. Sie freut sich darauf, nach fünfzehn Jahren das erste Mal allein mit ihrem Mann zu verreisen. Sie will die Auszeit nutzen, um ihre Ehe auf den Prüfstand zu stellen. Aber so weit kommt es nicht. Ihr Mann Konstantin hat dafür gesorgt, dass seine Freunde wieder mit von der Partie sind. Sie kehren an den Ort zurück, an dem sie sich als junge Studenten kennengelernt haben. Was als harmonischer Ausflug in die Vergangenheit geplant war, entwickelt sich anders als gedacht. Mehr als ein Geheimnis wird gelüftet. Lang gehegte Vorurteile und Lebenslügen konfrontieren die Clique mit den Werten wahrer Liebe und Freundschaft. Drei Paare – zwei Wochen – ein Strandhaus. Kann das gut gehen?

Die Autorin

Frieda Lamberti, gebürtige Hamburgerin, ist Langzeitehefrau, Mutter, Oma von vier Enkelkindern und lebt mit ihrem Mann in der Lüneburger Heide. Sie zählt sich zu den spät berufenen Schreiberinnen. Erst im Alter von fünfzig Jahren veröffentlichte sie ihren Debütroman »Ausgeflittert«. Frieda liebt Geschichten, die das Leben schreibt. Ob Komödie, Melodrama oder Romanze, in ihren Familiengeschichten kommen Humor, Spannung und Tragik nie zu kurz. Neben ihren zahlreichen Titeln, die sie als Selbstverlegerin herausbringt, veröffentlichte Frieda Lamberti bereits ihre Romane »Lila ist der Duft der Wahrheit«, »Frühstück inklusive«, »Herzklopfen und kalte Füße«, »Herzklopfen und kalte Hände«, »Kalte Milch und Kummerkekse«, »Warme Milch und Kummerkekse«, »Alias Nora Parker« und »Zeit der Seesterne« bei Montlake Romance.

FRIEDA LAMBERTI

Lied der Seesterne

ROMAN

Montlake Romance

Deutsche Erstveröffentlichung bei
Montlake Romance, Amazon Media EU S.à r.l.
5 Rue Plaetis, L-2338 Luxembourg
Juli 2017

Umschlaggestaltung: bürosüd[0] München, www.buerosued.de
Umschlagmotiv: © Lidiya Oleandra / Shutterstock; © Anke van Wyk / Shutterstock; © Stan Malyarevsky / Shutterstock; © wattana / Shutterstock; © nuttakit / Shutterstock;
Lektorat: Hilke Bemm, Neusäß
Korrektorat: Media-Agentur Gaby Hoffmann, www.profi-lektorat.com
Printed in Germany
By Amazon Distribution GmbH
Amazonstraße 1
04347 Leipzig, Germany

ISBN: 978-1-542-04737-1

www.montlake-romance.de

Prolog

Trude

Bisher habe ich meinen Feriengästen noch nie einen Wunsch abgeschlagen. Doch dem jungen Mann, der mich gerade bittet, so tun zu dürfen, als sei er der Eigentümer meines Strandhauses, zeige ich empört einen Vogel.

»Was soll der Quatsch? Nein, da spiele ich bestimmt nicht mit.«

»Es soll Ihr Schaden nicht sein, Frau Kaufmann«, erklärt er und zückt sein Portemonnaie.

Ich staune nicht schlecht, als er zehn grüne Scheine auf den Küchentisch legt. Für einen kurzen Moment bin ich versucht, seinem abstrusen Vorschlag zuzustimmen. Letztendlich siegt mein Verstand, und ich schlage die tausend Euro aus.

»Ich halte nichts davon, sich mit fremden Federn zu schmücken. Für dieses Vorhaben müssen Sie sich jemand anderes suchen.«

»Sie würden mich verstehen, wenn ich Ihnen die Vorgeschichte erzähle.«

»Na, dann lassen Sie mal hören«, fordere ich ihn neugierig auf.

Nach einer Stunde und zwei Tassen Kaffee nehme ich sein Geld an und stecke es in die Tasche meiner Kittelschürze. Ich halte es noch immer für eine dumme Idee. Nur weil ich ein Faible für Liebesgeschichten mit Happy End habe, stimme ich letztendlich zu.

Letzter Arbeitstag

Tori

Ob es stimmt, was mir der achtjährige Ruben gerade erzählt, oder ob es seiner kindlichen Fantasie entsprungen ist, werde ich heute nicht mehr herausfinden. Die letzte Therapiestunde vor meinem Urlaub neigt sich dem Ende zu und ich schaue demonstrativ auf die Uhr. »Wir machen Fortschritte«, werde ich seiner Großmutter verkünden, sobald sie klingelt und ihren Enkel in meiner Praxis abholt.

»Das war's für heute. Wir werden uns erst in drei Wochen wiedersehen.«

Der kleine Mann erhebt sich aus dem Sessel und schaut betrübt zu Boden. »Stimmt, Sie machen ja jetzt Ferien. Meine Oma hat es mir gesagt.«

Ich nicke und reiche ihm zum Abschied die Hand.

»Darf ich noch einen Moment bleiben?«

Ich wage mich vor. »Du kommst wohl gern zu mir.«

Zwei große Kinderaugen schauen mich an. Aus ihnen sprechen Angst und tiefe Verzweiflung. Wie kein anderer Patient rührt Ruben mein Herz. Zu gern würde ich den Kleinen in den Arm nehmen, ihn fest an mich drücken, ihm sagen, dass er sich nicht fürchten muss, dass er ein verdammt toller Bursche ist und sich nichts anderes einreden lassen soll. Aber das darf ich nicht. Ich muss professionelle Distanz wahren und genau das tue ich auch. Ich gehe hinter meinen Schreibtisch und setze mich auf den Drehstuhl.

Ruben folgt mir und nimmt sich ungefragt eine Visitenkarte vom Stapel.

»Fahren Sie weit weg?«

Ich zucke mit den Achseln. Das ist noch nicht einmal geflunkert. Ich habe wirklich keine Ahnung, wohin die Reise geht. Nachdem ich meinem Mann Konstantin vorgeworfen habe, dass unser Leben keine Überraschungen mehr bereithält, hat er ohne mich die Urlaubsplanung übernommen und bis heute kein Wort darüber verloren, wo wir die nächsten zwei Wochen verbringen werden.

»Da steht ja gar nicht Ihre Handynummer drauf«, beschwert sich Ruben. Ich nehme ihm die Karte aus der Hand und notiere mit einem Kugelschreiber meine Mobilnummer auf der Rückseite.

»Für den Notfall«, sage ich mit einem Augenzwinkern und reiche ihm die Karte, als es an der Tür klingelt.

Wie gewohnt begleite ich ihn hinaus, vorbei an den gepackten Koffern, die noch immer im Flur stehen. Aber vor dem Haus wartet nicht seine Großmutter. Es sind unsere Freunde Thomas und Irina, die mich überrascht sehen.

Statt zu fragen, was sie wollen, bitte ich sie herein. Wir begrüßen uns mit Küsschen auf die Wange. »Konstantin ist auf der Terrasse. Geht doch schon mal vor. Ich habe noch zu tun«, erkläre ich und bleibe im offenen Türrahmen stehen.

Während ich auf die Straße blicke und nach Rubens Großmutter Ausschau halte, fragt der Kleine: »Ist die Frau Ihre Schwester oder ist der Mann Ihr Bruder?«

Weder noch. Thomas ist einer der beiden langjährigen Freunde meines Mannes, und Irina ist seine Frau und Mutter von fünf Kindern.

»Wir sind nicht verwandt, nur befreundet.«

»Und dann küsst ihr euch? Ich meine, dann lassen Sie sich von ihnen einfach so küssen?«

»Das macht man so, wenn man sich gut kennt und sich mag.« Und wieder trifft mich sein Blick. »Ich mag Sie auch gern, Frau Kampen.«

Ein dunkelblauer Golf fährt vor. »Deine Oma ist gekommen.«

Rubens Großmutter steigt nicht aus. Sie lässt das Fenster runterfahren und entschuldigt sich für die Verspätung. »Tut mir leid. Genießen Sie Ihren Urlaub, Frau Doktor.«

Ich winke den beiden nach und schließe die Tür. Statt in den Garten gehe ich in mein Besprechungszimmer.

Was bitte ist so schwer daran, einen AB zu besprechen? »Hier ist der Anschluss der Praxis Victoria Kampen. Die Praxis ist bis einschließlich dem fünfzehnten August geschlossen. In dringenden Fällen wenden Sie sich bitte an die Psychiatrische Notaufnahme der Asklepios Klinik Hamburg-Ochsenzoll, Haus 32, Langenhorner Chaussee …«

Erst nach drei Versuchen gelingt es mir, diesen kurzen Text ohne Versprecher aufzusagen, aber zufrieden bin ich damit nicht. Meine Stimme klingt so mürrisch. Dabei bin ich bester Laune, schließlich geht es gleich in den wohlverdienten Sommerurlaub. Wenn jemand Ferien verdient hat, dann ja wohl ich.

Die drei sind auf der Terrasse. Die Männer begutachten unseren neuen Grill und philosophieren über die richtige Art und Weise, Feuer zu machen. Irina telefoniert. Erst nachdem Thomas mich aus seiner warmen Umarmung entlässt, beendet sie das Telefonat und steht auf.

»Das war unsere Älteste. Sie lässt euch ganz lieb grüßen.« Irina drückt mich so fest, dass mir die Luft wegbleibt. »Alex und Mara sind auch schon unterwegs, aber sie stecken vor dem Elbtunnel im Stau. Mara hat gemeint, dass wir mit dem Essen nicht auf sie warten müssen.«

»Mit welchem Essen?«, frage ich verwundert. Alex und Mara kommen auch zu uns? Wissen unsere Freunde denn nicht, dass wir auf dem Sprung in die Ferien sind?

»Wir können doch nicht mit leerem Magen starten. Du kennst doch Thomas. Wenn er Hunger hat, ist er unausstehlich. Übrigens, ich habe in der Wetter-App nachgesehen. Für die nächsten Tage ist nur schönstes Sommerwetter angesagt. Oh, Leute, ihr ahnt ja gar nicht, wie sehr ich mich auf unseren Trip freue. Zwei Wochen kein Kindergeschrei, nur Sonne und Meer.«

»Entschuldigt uns für einen Moment«, unterbreche ich ihren Redeschwall, greife nach Konstantins Arm und ziehe ihn ins Haus.

Bevor er mein Donnerwetter abbekommt, schließe ich die Tür. »Das ist ein Witz, oder? Sag mir sofort, dass ich mich irre. Wir werden unseren Urlaub nicht schon wieder zu sechst verbringen.«

Konstantin grinst. »Lass dich einfach überraschen. Das war es doch, worum du mich gebeten hast.«

»Tolle Überraschung«, fluche ich und lasse ihn stehen. Ich brauche jetzt dringend eine Abkühlung. Gegen meine Enttäuschung hilft nur eine kalte Dusche.

Während das Wasser auf meine Schultern prasselt, kämpfe ich mit den Tränen. Früher, als wir noch jung waren und erst am Anfang unserer Karrieren standen, haben mir diese Gruppenreisen großen Spaß bereitet. Es war eine prima Möglichkeit, günstig Urlaub zu machen. Weil wir uns die Kosten geteilt haben, konnten wir in exklusiven Ferienhäusern logieren, die sich ein Paar allein nie hätte leisten können. Aber der finanzielle Aspekt spielt schon lange keine Rolle mehr. Mittlerweile haben wir alle ausgesorgt. Viel lieber wäre ich allein mit meinem Mann verreist. Am besten in eine Region, in der es weder Handyempfang noch Internet gibt. In absoluter Abgeschiedenheit wollte ich überprüfen, ob uns überhaupt noch etwas verbindet.

Thomas und Irina sind durch ihre Kinder verbunden. Alex

und Mara durch den Beruf. Aber was verbindet mich mit meinem Mann?

Als ich aus dem Bad komme, ist der Tisch bereits gedeckt. In der Mitte steht eine Schüssel mit Kartoffelsalat, den Irina mitgebracht hat.

»Die Mayonnaise hab ich selbst gemacht. Probier doch mal.«

Ganz sicher nicht. Es genügt ein Blick, um zu erkennen, dass sich Ei und Öl angesichts der vorherrschenden Wärme bereits getrennt haben. Ich werde kein Risiko eingehen und nicht davon kosten. Schließlich will ich den Urlaub nicht mit einer Salmonellenvergiftung beginnen. Besser, ich gehe in die Küche und plündere unseren Vorratsschrank.

Irina folgt mir. »Schau mich mal an! Fällt dir was auf?«

Ich komme der Aufforderung der Vielsprecherin nach und betrachte sie. Mir fällt nichts auf. Sie hat um die Hüften herum ein wenig zugelegt, aber das behalte ich für mich.

»Ich habe mir Hyaluron unterspritzen lassen. Sieh doch nur. Meine tiefen Nasolabialfalten sind völlig verschwunden. Ich finde, ich sehe fünf Jahre jünger aus. Findest du das nicht auch? So teuer, wie du vielleicht denkst, ist das gar nicht. Du solltest es auch mal probieren. Es tut gar nicht weh. Zugegeben, zuerst ist das Gesicht ein wenig gerötet, aber das verschwindet schon nach ein bis zwei Tagen. Also, ich meine, es bringt gar nichts, sich teure Cremes und Seren zu kaufen. Besser man investiert gleich in …«

Bei dem Wort *Cremes* bin ich bereits ausgestiegen und habe meine Ohren auf Durchzug gestellt.

Konstantin ist bester Stimmung und von Bier auf Chardonnay umgestiegen.

»Den müsst ihr probieren. Diesen edlen Tropfen hat mir mein Weinhändler empfohlen. Nach der Verkostung habe ich gleich drei Kisten bestellt. Zwei habe ich schon im Wagen für uns verstaut.«

Thomas hält prüfend das Glas unter die Nase, nippt kurz daran und urteilt genauso, wie ich es von ihm erwartet habe. »Sehr lecker. Auf deine Wahl kann man sich immer blind verlassen. Keiner versteht so viel von Wein wie du.«

Konstantin hätte ihm Essig einschenken können, sein Lob wäre nicht anders ausgefallen. Egal, was mein Mann sagt, Thomas findet es *toll*, *klasse* oder *supergrandios*. In all den Jahren, die ich ihn kenne, habe ich nicht einmal erlebt, dass er seinem *weltbesten* Freund widersprochen hat.

»Du solltest dich besser zurückhalten oder legst du es darauf an, deinen Führerschein zu verlieren?«, frage ich und werfe Konstantin einen durchdringenden Blick zu.

Sofort springt Thomas in seine Bresche. »Nun sei doch nicht so streng, Tori. Wir haben doch Urlaub.«

Na, super. Genauso habe ich mir meine wohlverdiente Auszeit vorgestellt. Irina quatscht mir ein Ohr ab, Konstantin mutiert wieder zum Alphamännchen und Thomas klatscht Beifall. Wo bleiben nur Mara und Alex?

Sie treffen erst ein, nachdem Irina und mein Mann bereits Koteletts, Würstchen und eine Riesenportion des verdorbenen Kartoffelsalats verspeist haben. Während ich mich zurückgehalten habe, hat Thomas, für den diese Mahlzeit überhaupt erst aufgetischt wurde, nur an einer trockenen Scheibe Baguette geknabbert.

Die Gartenpforte öffnet sich. Alex und Mara kommen auf uns zu. »Wieso sitzt ihr hier so faul herum?«, faucht die dritte Frau in unserem Bunde. »Beeilung, wenn ich bitten darf.«

Alex lässt sich nicht bitten. Er setzt sich und beäugt die mittlerweile erkalteten Grillwürste. Noch bevor ich meine Warnung aussprechen kann, kratzt er mit Irinas Gabel den Rest Kartoffelsalat aus der Schüssel. »Das ist das Erste, was ich heute in den Magen bekomme«, stammelt er mit vollem Mund.

Minuten später bringe ich das schmutzige Geschirr in die Küche, die Männer verstauen unser Gepäck.

»Tori fährt bei mir mit«, bestimmt Mara, als ich die Haustür abschließe.

Ich schüttele den Kopf. »Das geht nicht. Ich muss wohl oder übel ans Steuer, denn Konstantin darf nicht mehr fahren. Er hat schon zwei Pils und reichlich Chardonnay intus.«

»Wo ist das Problem? Thomas und Irina nehmen unsere Männer mit. Es ist doch idiotisch, dass wir die kurze Strecke mit drei Wagen zurücklegen«, bestimmt Mara und steigt in ihren Zweisitzer.

Konstantin zuckt mit den Schultern. »Meinetwegen fahr ruhig bei Mara mit. In weniger als einer Stunde sehen wir uns ja schon wieder.«

Jetzt halte ich es nicht mehr länger aus. Ich will auf der Stelle wissen, wohin die Reise geht. »Wir fahren nach Kiel, richtig? Du hast eine Kreuzfahrt für uns gebucht.«

Das nenne ich einen gelungenen Plan, für den er einen dicken Kuss verdient. Gerade stelle ich mir vor, wie wir die Außenkabine eines dieser schwimmenden Luxushotels beziehen, als mich seine Antwort abrupt auf den Boden der Tatsachen zurückholt.

»Viel besser, Schatz. Es geht zurück an den Ort, wo unsere Liebe einst begann. Na, was sagst du? Ist das eine Überraschung?«

Wir verbringen unseren Urlaub in der Lübecker Bucht? Beim besten Willen kann ich seine Euphorie nicht teilen. Zu gern möchte ich wissen, wie er auf diese blöde Idee gekommen ist. Nun gut, er weiß, dass ich kein Fan von Fernreisen bin, aber davon, hundert Kilometer von unserem Zuhause Urlaub zu machen, habe ich sicherlich nicht geträumt. Er hat doch wohl keinen Campingurlaub geplant, oder? Sollte sich meine Befürchtung bestätigen, steige ich erst gar nicht aus.

Während Irina die Garage öffnet, um unser Gepäck und den Wein aus unserem in ihren Wagen umzuladen, strecken uns Alex und Konstantin die Köpfe entgegen. Mit gespitzten Lippen fordern sie einen Abschiedskuss. Letztendlich bleiben beide ungeküsst.

Meine Laune ist im Keller, aber davon bekommt Mara nichts mit. Mit einem Affenzahn rast sie durch Hamburgs Straßen. Als wir die Autobahn erreichen, gibt sie Vollgas.

»Sag mal, ist das ein neuer Wagen?«, frage ich die Rennfahrerin.

»Wie kommst du denn darauf?«

»Na, ich dachte, dein Flitzer hätte Lederausstattung und Schaltgetriebe. Dieser hat Stoffsitze und ist ein Automatikfahrzeug.«

»Unsinn, ich fahre seit Jahren nur Automatik.«

Ich komme nicht dazu, über ihre Erklärung nachzudenken, denn ihr Handy klingelt. Es ist Alex, der uns über die Freisprechanlage bittet, die nächste Raststätte anzufahren.

»Warum? Hat Thomas etwa vergessen zu tanken?«

»Das ist es nicht. Ich muss mal ganz dringend wohin, wenn du verstehst.«

»Das gibt es doch nicht. Wir sind noch keine halbe Stunde unterwegs und du musst aufs Klo. Hättest du das nicht bei Tori erledigen können?«, schimpft sie und legt auf. »Wenn du wüsstest, wie sehr mir Alex auf die Nerven geht. Er ist wie ein kleines Kind. Alles muss ich ihm sagen.«

Wenige Minuten später verlassen wir die A 1 und halten direkt vor dem Eingang des Rasthauses. Thomas' Limousine rollt noch, als Konstantin die hintere Wagentür öffnet, rausspringt und von Alex gefolgt ins Gebäude rennt.

Verwundert stelle ich fest, dass Mara eine Schachtel Zigaretten aus dem Handschuhfach nimmt.

»Seit wann rauchst du wieder?«

»Hab nie richtig aufgehört«, antwortet sie und steigt aus.

Ich tue es ihr gleich. »Schuld ist Irinas Kartoffelsalat. Der war mit Sicherheit nicht mehr gut.«

»Was soll das denn heißen?«, tönt es hinter uns. Regelrecht empört baut sich Irina vor mir auf. »Mit dem Salat war alles in bester Ordnung. Ich selbst habe davon gegessen und es geht mir blendend.«

Ich könnte kontern, dass sie kein Maßstab ist. Es ist hinreichend bekannt, dass sie den sprichwörtlichen Pferdemagen hat, dennoch verkneife ich mir die Bemerkung und erkundige mich stattdessen nach unserer Unterkunft.

Mara entzündet den Glimmstängel. Nach einem kräftigen Zug schaut sie mich an. »Sorry, Tori, wir haben versprochen, dir nichts zu verraten.«

Irina ist auskunftsfreudiger. »Nur so viel. Du wirst nicht auf einer Luftmatratze nächtigen müssen. Es wird ganz toll. Ich habe schon Bilder gesehen. Du wirst es lieben.« Meine Erleichterung nimmt zu. Wenn die Beauty-Queen so schwärmt, kann es sich nur um ein Luxushotel mit angeschlossenem Spa-Bereich handeln.

»Verdammt, wo bleiben die denn? Vermutlich geht Alex seiner Lieblingsbeschäftigung nach und telefoniert wieder heimlich. Das macht dieser Blödmann ständig, wenn er mich außer Reichweite wähnt.«

Maras barscher Ton macht mich stutzig. Ich kenne ihre forsche Art und mag ihre Direktheit, aber so abfällig, wie sie heute über ihren Mann spricht, da scheint mehr dahinter zu stecken. »Ist alles in Ordnung bei euch?«, frage ich vorsichtig.

Sie drückt ihre Zigarette aus. Ohne mich anzusehen antwortet sie: »Alles rosarot und himmelblau. Wie lange brauchen die beiden denn noch?« Genervt schaut sie auf die Uhr. »Wir müssen bis sieben Uhr einchecken.«

Zwei leichenblasse Gestalten treten aus der Glastür und bewegen sich mit versteinerter Miene auf uns zu. Eine der beiden ist mein Mann, der sich mit dem Handrücken über die schweißnasse Stirn wischt.

»Geht's wieder?«, frage ich mitleidig.

Er schüttelt den Kopf und steigt in den Wagen. »Gib Gas, Thomas. Ich will nicht auf der Fahrt sterben.«

»So schlimm, Schatz?«

Konstantin lässt die Scheibe herunterfahren. »Künftig werde ich deine Warnungen annehmen.«

Er will künftig auf mich hören? Na, das sind ja mal gute Nachrichten.

Die Abendsonne blendet mich. Für den Rest der Strecke setze ich meine Sonnenbrille auf. Als wir uns dem Ziel nähern, stelle ich trotz der getönten Gläser fest, dass sich hier seit meinem letzten Aufenthalt kaum etwas verändert hat.

Es scheint, als ob an diesem Ort die Zeit stehen geblieben ist. Aber das ist sie nicht. Es sind ereignisreiche Jahre vergangen. Jahre, in denen ich himmelhochjauchzend glücklich, aber auch tief traurig und am Boden zerstört war.

Weshalb biegt Thomas in den Küstenwanderweg ein? In dieser Straße gibt es nur ein Haus. *Das Haus!* Das kann unmöglich ein Zufall sein.

Mehr als entsetzt schaue ich Mara an. »Warum ausgerechnet hier?«

»Wieso nicht? Es ist doch ein schönes Plätzchen.«

Die gleiche Frage stelle ich meinem Mann, aber er antwortet nicht, sondern flieht aus dem Wagen, ohne eine Reaktion von sich zu geben.

»Wer hat den Schlüssel?«, höre ich ihn panisch rufen. »Öffnet die Tür, bevor noch ein Unglück geschieht.«

Irina bückt sich und hebt die Fußmatte hoch. Kurz darauf schließt sie die Tür des Strandhauses auf. Ich stehe wie versteinert vor der Treppe und ringe nach Luft.

Sie sind da

Trude

Das Klappen von Autotüren weckt meine Neugierde. Gespannt luge ich aus dem Fenster meines Souterrains und entdecke eine Gruppe von Leuten, die ich auf Mitte dreißig schätze. Gewöhnlich melden sich die Feriengäste sofort nach dem Eintreffen bei mir. Diese Leute nicht. Sie müssen den Schlüssel auch ohne mich gefunden haben, denn ich höre bereits laute Schritte über mir. Na, bravo, es ist wieder ein Trampeltier unter den Feriengästen. Jemand, der mir die nächsten zwei Wochen mit dem Klackern der Absätze den letzten Nerv rauben wird. Warum habe ich beim Umbau meines Strandhauses bloß auf eine Trittschalldämmung verzichtet? Hätte ich gewusst, dass ich bis ans Ende meiner Tage die Sommermonate im Kellergeschoss verbringen werde, weil ich meinen Lebensunterhalt mit der Vermietung meines Hauses bestreiten muss, wäre meine Entscheidung damals sicherlich anders ausgefallen.

Jetzt rauscht die Klospülung. Hier unten entgeht mir nichts. Gleich werde ich Ohrenzeuge der ersten Auseinandersetzung, denn wenn es darum geht, wer welches Zimmer bekommt, gibt es meistens Streit. Die Wohnung verfügt über drei komfortable

Schlafzimmer. Das größte und schönste befindet sich im Erdgeschoss. Es hat direkten Zugang zum Balkon und ist mit einem Ensuite-Bad ausgestattet. Zwei weitere befinden sich unter dem Dach und teilen sich eine Toilette und die Dusche.

Mit der Abendzeitung unter dem Arm schlendere ich auf die Terrasse und nehme meinen Beobachtungsposten ein. Ich komme zur rechten Zeit. Über mir öffnet sich gerade die Schiebetür und zwei Personen treten auf den Balkon.

»Sieh nur, Tori. Ist das nicht ein herrlicher Ausblick?«, schwärmt eine Frauenstimme. Die andere, von der ich annehme, dass sie Tori ist, antwortet nicht. Warum stimmt sie nicht zu? Der Ausblick ist doch wirklich spektakulär und sucht seinesgleichen. »Wie handhaben wir es mit den Zimmern? Knobeln wir es wieder aus? So haben wir es doch bisher immer gemacht. Also ich finde, das ist die beste Lösung. Obwohl, wenn ich darüber nachdenke, dann …«

Tori fällt ihr ins Wort. Sie klingt gereizt. »Es ist mir wirklich egal, Irina. Such dir einfach ein Zimmer aus.«

Na, da ist aber jemand schlecht gelaunt. An der weiten Anreise kann es nicht gelegen haben, denn beide Fahrzeuge tragen Hamburger Kennzeichen.

»Seht nur, Mädels. Der Vermieter hat eine Nachricht für uns hinterlassen«, tönt eine dunkle Männerstimme. Er liest laut vor. »Ich wünsche Ihnen einen angenehmen Aufenthalt. Sollten Sie Fragen oder Wünsche haben, wenden Sie sich an meine Tante, Frau Kaufmann. Sie bewohnt das Untergeschoss und steht Ihnen gern mit Rat und Tat zur Seite.«

Ich bin mir zu hundert Prozent sicher, dass diese Nachricht nicht aus meiner Feder stammt.

»Ob das Tantchen wohl Pfefferminztee im Haus hat, mit dem sie uns aushelfen könnte? Kannst du mal runtergehen und sie fragen, Schatzi?«

Mit etwas Verzögerung antwortet Tori dem Schatzi-Mann. »Wenn ich mich beeile, schaffe ich es vielleicht noch zum Supermarkt.«

Vergiss es, möchte ich hinaufrufen. Alle Läden im Ort sind längst geschlossen. Gerade überlege ich, ob ich Pfefferminztee in meinem Vorratsschrank habe, den ich auf Anfrage anbieten könnte, als die Haustür laut ins Schloss fällt. Wie wütend es mich macht, wenn die Türen geknallt werden, weiß nur mein Enkel Marius. Er ist der Einzige, der mir geblieben ist, und wird rechtmäßiger Erbe des Hauses sein, sollte ich mal abtreten. Aber das habe ich so bald nicht vor. Wenn es nach mir geht, liegt mein Abgang noch in weiter Ferne.

Kurz darauf rauscht sie davon. So, nun kenne ich bereits die Stimmen von Tori und Irina, aber die Frau, die meinem angedichteten Neffen das Herz gebrochen hat, hat noch keinen Ton von sich gegeben.

Mein Handy vibriert. Ich habe eine SMS erhalten, die ich sofort beantworte.

> *Ja, sie sind gerade angekommen. Keine Sorge, ich werde mich nicht verplappern.*

Der erste Abend

Tori

Ohne lange zu überlegen, ergreife ich die Gelegenheit und verlasse Hals über Kopf die Ferienwohnung. Nur mit meinem Portemonnaie und Maras Autoschlüssel in der Hosentasche renne ich die Treppe hinunter.

Mein Herz rast noch immer und meine Hände zittern so sehr, dass ich Mühe habe, das Lenkrad festzuhalten. Am liebsten würde ich Reißaus nehmen. Ich kann doch nicht so tun, als hätte ich keine Erinnerung mehr an die Geschehnisse, die sich vor all den Jahren in diesem Strandhaus ereignet haben. Plötzlich sind die Gefühle so gegenwärtig, als wäre es gestern gewesen, und auch die Bilder, die ich so lange tief in mir vergraben habe, erscheinen wieder in ganzer Schärfe vor meinem inneren Auge. Warum hat Konstantin mich an diesen Ort gebracht? Weiß er mehr, als er zugibt? Ist er etwa meinem streng gehüteten Geheimnis auf die Spur gekommen? Oder ist es wirklich nur purer Zufall, der mich an den Ort des Schreckens zurückgebracht hat? Fragen über Fragen, die mir durch den Kopf schießen, als ich den kleinen Supermarkt im Ortskern erreiche.

Obwohl kein Licht brennt und ich nicht davon ausgehe,

dass noch jemand auf mein Klopfen an die Ladentür reagieren wird, halte ich und fahre auf den Kundenparkplatz.

Ich steige aus und bewege mich auf zwei Fußgänger zu, um sie anzusprechen. »Wissen Sie, ob es hier eine Apotheke gibt, die noch geöffnet ist?«

Die beiden verneinen und verschwinden in einer Kneipe an der Ecke. Ich folge dem Paar und betrete kurz nach ihnen die Gaststätte. Anders als sie suche ich mir keinen Platz, sondern stelle mich an die Theke, hinter der eine dralle Mittsechzigerin Bier zapft.

»Entschuldigen Sie bitte. Kann ich bei Ihnen Pfefferminz- oder Kamillentee bekommen?«

»Kännchen oder Tasse?«

»Ich möchte keinen Tee trinken, sondern fragen, ob Sie mir mit einigen Teebeuteln aushelfen können. Wir sind gerade erst angekommen und die Läden haben bereits geschlossen.«

Die Frau schaut mich an, als hätte ich sie um einen Joint gebeten. »Das hier ist ein gastronomischer Betrieb, junge Frau, und kein Kiosk. Wir leben davon, dass wir Getränke verkaufen.«

»Dann bestelle ich halt fünf Kännchen ohne Wasser.« Ich lege ihr einen Zwanziger auf den Tresen. »Reicht das?«

»In zehn Kilometern Entfernung gibt es einen großen Supermarkt. Der hat bis zehn Uhr geöffnet.«

Ich stöhne laut auf, nehme den Schein und stecke ihn zurück ins Portemonnaie. Immerhin ist die Wirtin bereit, mir den Weg dorthin zu erklären. Da sie offensichtlich eine Rechts-Links-Schwäche hat, dauert es ewig.

»Also, noch einmal. Sie fahren bis zur nächsten Kreuzung. Dort halten Sie sich rechts. Am Marktplatz biegen Sie links ab.«

»Wenn ich so fahre, wie Sie mir den Weg beschreiben, dann lande ich dort, wo ich gerade hergekommen bin. Im Küstenwanderweg gibt es keinen Supermarkt. Muss ich mich am

Marktplatz nun rechts halten oder weiter geradeaus fahren?« Die Wirtin schaut mich irritiert an. »Glauben Sie es mir, ich weiß es genau, weil wir im Küstenwanderweg wohnen.«

»Sie logieren bei Trude Kaufmann?«

Ich nicke. »Ja, so lautet der Name der Dame, die das Souterrain bewohnt.«

Plötzlich ändert sich ihr Gesichtsausdruck. »Warum haben Sie das nicht gleich gesagt? Warten Sie einen Moment. Ich schau mal nach.« Lächelnd verschwindet sie in der Küche und kommt wenig später mit einer Schachtel zurück. »Mit Pfefferminztee kann ich leider nicht dienen. Mit Kamille aber schon.«

»Kamillentee ist perfekt. Der soll bekanntlich den Magen beruhigen.«

»Da kenne ich ein besseres Mittel als Tee. Sie sollten einen Magenbitter trinken.«

»Der Tee ist für meinen Mann. Er leidet unter starker Übelkeit.«

»Brauchen Sie noch Zucker?«

»Das ist sehr nett von Ihnen, aber nicht nötig. Was bin ich schuldig?«

Sie mustert die Verpackung. »Ich weiß nicht. Geben Sie mir zwei Euro, dann sind wir quitt.«

Ich reiche ihr fünf und bedanke mich herzlich.

»Ich wünsche Ihrem Mann gute Besserung. Genießen Sie den Aufenthalt.«

Ihren Wunsch, dass es Konstantin schnell besser gehen möge, teile ich. Dass ich den Aufenthalt genießen werde, ist völlig ausgeschlossen.

Als ich Maras Wagen vor dem Strandhaus einparke, bereue ich zutiefst, den Magenbitter ausgeschlagen zu haben. Noch nie hatte ich einen Schnaps so nötig wie in diesem Moment. Ich reiße mich zusammen und atme zweimal tief durch, bevor ich den Klingelknopf betätige.

Es ist Irina, die mir öffnet und wie ein Wasserfall auf mich einredet, noch bevor sie mir die Möglichkeit gibt einzutreten. »Wir haben die Zimmerverteilung ohne dich vorgenommen. Du hast ja gesagt, es sei dir egal. Thomas und ich schlafen unten. Oh, du hast Tee bekommen. Das ist ja super. Ich habe schon den Wasserkessel aufgesetzt. Komm mit raus auf den Balkon. Die Sonne geht gerade unter. Diesen Anblick darfst du nicht verpassen.«

Endlich geht sie einen Schritt zur Seite und lässt mich passieren. Ich drücke ihr die Schachtel in die Hand und halte Ausschau nach Konstantin. Er sitzt allein auf dem Sofa, während sich die anderen draußen aufhalten und stumm auf die See blicken.

»Schöner Schlamassel. Es tut mir leid, dass ich so durchhänge. Unseren ersten Abend habe ich mir auch anders vorgestellt«, entschuldigt er sich schuldbewusst.

Hinter uns wird mit Geschirr geklappert. Irina stellt sechs Becher auf ein Tablett und verkündet für alle hörbar, dass wir uns mit den Leidenden solidarisch erklären sollten.

»Wir trinken alle Tee«, bestimmt sie und ruft mit ihrer eigenmächtige Aussage Mara auf den Plan.

»Du hast wohl einen Knall. Ich trinke ganz sicher keinen Kamillentee. Das Zeug benutze ich höchstens, um meine Augen zu spülen, wenn ich eine Bindehautentzündung habe.«

»Dann eben nur fünf Becher«, ruft Irina beleidigt zurück.

»Mach nur vier«, korrigiere ich und gehe hinaus zu den anderen. Ich nehme auf dem letzten freien Stuhl Platz und lege wie Alex die Füße auf die Brüstung.

Er genießt den Sonnenuntergang und schwärmt. »Es ist wunderschön hier. Ich frage mich gerade, warum wir all die Jahre Tausende von Kilometern in den Süden gefahren sind, wenn das Paradies in unmittelbarer Nähe liegt.«

»Hör auf, so albern daherzureden, und mach endlich den Wein auf«, herrscht ihn seine Frau an. Verwundert schaut er zu ihr rüber. »Ja, du bist gemeint, Alex! Du kannst dich ruhig mal nützlich machen!«

»Schlag endlich einen anderen Ton an, sonst …«

Mara setzt sich auf. Sie kneift die Augen zusammen und erwidert herausfordernd: »Sonst was? Willst du mir etwa drohen? Gerade du?«

Alex zieht die Brauen hoch und geht wortlos ins Wohnzimmer. Thomas folgt ihm und so sind nur noch Mara und ich auf dem Balkon.

Ich nutze den ungestörten Moment und frage meine Freundin: »Was ist bloß los bei euch? Und sag jetzt nicht wieder: Alles himmelblau und rosarot.«

»Nicht jetzt, Tori«, bittet sie mich.

Die Sonne ist bereits im Meer versunken und ich habe mit Mara, ohne ein Wort zu wechseln, bereits eine ganze Flasche geleert, als wir beschließen, wieder hineinzugehen. Die Männer stehen in der Küche und tuscheln. Irina telefoniert mit ihrer zweitältesten Tochter, meinem Patenkind.

»Bist du böse, wenn ich mich jetzt schon hinlege?«, fragt Konstantin. Ich schüttele den Kopf.

»Dann verabschieden wir uns auch«, erklären Thomas und Alex. Zu dritt gehen wir die Treppe ins Dachgeschoss hinauf. Bei jeder Stufe, die ich nehme, durchfährt mich ein stechender Schmerz.

»Wir schlafen links«, erklärt mein Mann und öffnet die Zimmertür.

Während ich unterwegs war, hat er bereits die Koffer ausgepackt. Ich setze mich aufs Bett und schaue ihm dabei zu, wie er die Kleidung ablegt. Es ist der erste Moment des Tages, an dem wir allein sind. Jetzt wäre eine gute Gelegenheit, ihn zu fragen, weshalb er diese Unterkunft gewählt hat, aber er kommt mir zuvor.

»Du bist enttäuscht, oder? Dabei dachte ich, es wäre eine romantische Idee, wieder an den Ort zurückzukehren, an dem wir uns das erste Mal begegnet sind.« Er geht zum Fenster und klappt es auf. »Sieh nur, keine dreihundert Meter von hier entfernt haben wir damals im Sand gesessen. Thomas, Alex, Mara und ich, als du zu uns gekommen bist und schüchtern gefragt hast, ob du dich dazugesellen dürftest.«

Ich erinnere mich. Es war schon dunkel und die vier hatten unerlaubterweise ein Lagerfeuer entzündet. Sie hockten auf einer Wolldecke. Zu ihren Füßen stand eine Kiste Bier im Sand und aus dem Radio erklang *I don't want to miss a thing* von den Bad Boys aus Boston, besser bekannt als die amerikanische Rockgruppe *Aerosmith*.

»Als ich Alex und Thomas von der Idee erzählt habe, hier unseren Urlaub zu verbringen, waren sie total begeistert. Sogar Mara war Feuer und Flamme. Von ihr habe ich den Tipp mit dem Haus bekommen. Sie kennt den Eigentümer und hat einen günstigen Preis ausgehandelt.«

Mir fällt gerade ein zentnerschwerer Stein vom Herzen. Dann ist es also doch reiner Zufall, dass wir hier gelandet sind.

Wachhund

Trude

Es ist noch keine zehn Uhr, als ich meinen Fernseher ausstelle. Über mir herrscht Totenstille. Was ist nur für eine langweilige Bande bei mir eingezogen, denke ich. Als ich in ihrem Alter war, ging bei uns die Post ab. Wir haben die Nächte durchgefeiert und hatten Spaß.

Bevor auch ich mich zu Bett begebe, raffe ich mich auf, um meinen allabendlichen Spaziergang zu unternehmen. Das mache ich immer, wenn das Wetter es zulässt, und heute besteht kein Grund, mich zu drücken.

Ich verschließe die Tür und stecke den Schlüssel in meine Hosentasche. Nichts ahnend gehe ich um die Ecke, als ich bemerke, dass sich jemand am Wagen meiner Feriengäste zu schaffen macht.

»Hey«, rufe ich forsch. »Was machen Sie da?«

Die Person, die ich für einen Autodieb halte, gibt sich zu erkennen. Ich schaue in das Gesicht einer Frau, die mein plötzliches Auftauchen sichtlich überrascht. Nach einer Schrecksekunde erklärt sie sich. »Das ist mein Fahrzeug. Ich wollte nur meine Zigaretten aus dem Handschuhfach holen.«

»Dann ist es ja gut. Ich dachte im ersten Moment, jemand wollte den Wagen stehlen. Das ist vor Kurzem schon einmal passiert.«

»Sie haben mir einen ganz schönen Schrecken eingejagt.«

»Das war wirklich nicht meine Absicht.«

Sie steckt sich eine Zigarette an. »Möchten Sie auch?«

Ich lehne ab. »Ich bin passionierte Nichtraucherin, was nicht bedeutet, dass ich keine Laster habe.«

»Eigentlich wollte ich schon längst mit dem Rauchen aufhören.«

»Eigentlich? Mit anderen Worten: Sie sind sich noch nicht sicher.«

Sie schmunzelt. »Keine Sorge. Ich werde nicht im Haus qualmen. Wenn es mich überkommt, gehe ich raus.«

Ich schaue hinauf zu den Fenstern. Es brennt kein Licht. »Ihre Mitreisenden schlafen wohl schon.«

»Ja, unsere Truppe ist heute geschwächt. Die Männer leiden unter einer Magenverstimmung.«

»Ach, das tut mir leid, Frau …«

»Stegner.«

Ich reiche ihr die Hand. »Kaufmann. Gertrud Kaufmann, aber ich werde von allen nur Trude genannt.«

»Mara«, erwidert sie und drückt meine Hand.

Mara? Irina, Tori und Mara? Das deckt sich nicht mit den Informationen, die mir *mein Neffe* gegeben hat. Ein Name fehlt, und es ist ausgerechnet der Name der Frau, um die es ihm geht. Meine Neugierde ist geweckt.

»Sie sind zu sechst angereist, stimmt's?«

»Ja«, antwortet sie knapp und drückt ihre Zigarette auf dem Kiesweg aus.

»Sind Sie alle miteinander verwandt oder befreundet?«

»Schlimmer«, lacht sie. »Miteinander verheiratet. Noch, wenn es nach mir geht.«

»Bitte?«

»Vergessen Sie es, Trude. Ich habe nur laut gedacht.«

»Haben Sie Lust, mich auf einen kurzen Spaziergang zu begleiten?«

»Nette Idee, aber ich gehe jetzt auch schlafen. Man sieht sich.«

Sie legt die Zigarettenschachtel zurück in den Wagen und sprintet die Treppe hinauf. Ich schaue ihr ein wenig neidisch hinterher. Was würde ich darum geben, auch noch so gut zu Fuß zu sein. Damit ich nicht völlig einroste, setze ich mein Vorhaben in die Tat um und marschiere in Richtung Strand.

Sofort nach meiner Rückkehr informiere ich *meinen Neffen* und sende ihm eine SMS.

> *Sorry, Ihr Plan ist nicht aufgegangen. Die bewusste Dame ist gar nicht dabei. Soll ich noch weiter die Rolle der Tante spielen?*

Tag eins

Tori

Was für eine Nacht. Ich habe kaum ein Auge zugetan. Ständig lief der gleiche Film vor meinen Augen ab. Jedes Mal, wenn ich kurz davor war einzuschlafen, ist Konstantin aus dem Bett gesprungen und ins Bad gerannt. Sobald er wieder ins Bett gekommen ist, hörte ich erneut Türen klappen. Warum sich ausgerechnet die beiden, die unter Magen-Darm leiden, eine Toilette teilen müssen, während der einzige Mann, der sich nicht an Irinas Salat vergiftet hat, das Zimmer mit Ensuite-Bad bekommen hat, will mir einfach nicht in den Kopf. Jetzt hat es ohnehin wenig Sinn, mir Gedanken zu machen, denn ich verspüre unbändigen Hunger. Noch größer ist mein Durst. Um es präzise auszudrücken: mein Kaffeedurst.

Vorsichtig, ohne meinen Mann zu wecken, steige ich aus dem Bett, nehme mir Klamotten aus dem Schrank und verlasse auf Zehenspitzen das Zimmer. Ich will mich im Wohnzimmer anziehen und schleiche leise die Treppe hinunter. Es ist mucksmäuschenstill und ich bin mir sicher, die Erste zu sein, die aufgestanden ist. Doch ich habe mich getäuscht. Irina sitzt am Esstisch und tippt in ihr Handy.

»Guten Morgen«, flüstere ich. »Du bist auch schon wach? Wem schreibst du so früh?«

»Ich notiere eine Einkaufsliste. Hätte Mara ihren Wagen nicht direkt hinter unserem geparkt, hätte ich Thomas schon längst geschickt, um fürs Frühstück einzukaufen.«

Sie erhebt sich und drückt mir ein Küsschen auf die Wange. »Gut geschlafen?«

Ich nicke und steige in meine Jeans.

»Wie geht es Konstantin?«

»Er hat wohl das Schlimmste überstanden. Seit zwei Stunden spuckt er nicht mehr und schläft tief und fest.«

»Wenn Mara und Alex nicht gleich aufstehen, werde ich mich zu Fuß auf den Weg machen. Kommst du mit?«

Darüber muss ich nicht lange nachdenken. Lieber lasse ich mich von Irina in Grund und Boden quatschen, als mich länger als nötig in diesem Haus aufzuhalten. »Warte, ich will mir nur rasch die Zähne putzen.«

»Was war das?«, fragt sie und schaut mich fragend an. Ohne meine Antwort abzuwarten, geht sie in den Flur und stellt ihre Lauscher auf. »Hast du das Geräusch auch gehört?«

Mir ist nichts aufgefallen. Zögerlich öffnet sie die Tür und stößt kurz darauf einen Jubelschrei aus.

Mit einem prall gefüllten Weidenkorb in der Hand kommt sie zurück. Vor meinen Augen packt sie Brötchen, Butter, Milch und Eier aus.

»Ist auch Kaffee dabei?«, frage ich und sie nickt.

»Sogar Filtertüten. Ich setze gleich eine Kanne auf.«

Während ich mich im Bad frisch mache und angestrengt darüber nachdenke, wie ich es anstellen kann, mich aus dieser Situation zu befreien, deckt Irina den Tisch.

»Ich kann hier nicht bleiben«, gestehe ich meinem Spiegelbild, als es an der Tür klopft.

»Tori? Bist du im Bad?«

Ich schließe auf und lasse Konstantin herein. Er ist noch immer blass wie die Wand.

»Willst du frühstücken?«

Er schüttelt den Kopf. »Ich lege mich gleich wieder hin.«

Jetzt oder nie, denke ich. Einen besseren Zeitpunkt wird es nicht geben. »Besser, wir lassen uns von Thomas nach Hause fahren.«

»Warum denn das?«

»Na, weil …«, stottere ich. »Weil ich mich zu Hause besser um dich kümmern kann.«

»Das ist lieb von dir, aber völlig unnötig. Es geht mir schon besser. Ich brauche nur noch eine Mütze Schlaf.«

»Aber …«

Konstantin legt die Arme auf meine Hüften und zieht mich eng an sich. »Wir machen jetzt Urlaub, Schatz, und ich verspreche dir, dass ich in zwei Stunden wieder quietschfidel bin. Und nun raus mit dir. Ich muss mal pieseln.«

Er löst sich von mir, öffnet die Tür und schiebt mich behutsam auf den Flur. Genau in diesem Moment tritt Mara aus ihrem Zimmer.

»Ist das Bad frei?«

»Konstantin ist gerade drin.«

»Na, bravo«, knurrt sie und zieht ein Gesicht. »Wenn ich gewusst hätte, dass es hier nur zwei Bäder gibt, hätte ich dieses Haus bestimmt nicht empfohlen.«

»Der Kaffee ist fertig«, tönt es von unten, und es klingt nicht *unheimlich zärtlich*. Irina hat mit ihrem Gebrüll auch Alex geweckt. Er kommt aus dem Zimmer und nimmt direkten Kurs auf das Bad.

»Kann ich rein?«

Mara schüttelt den Kopf.

»Ich gehe jetzt runter und werde frühstücken.«

Ich stehe in der Küche und schenke mir einen Becher schwarzen Kaffee ein, als mir der Duft eines herben Aftershaves in die Nase kriecht. Thomas steht hinter mir und begrüßt mich mit einem Kuss auf den Nacken. Ich schätze es gar nicht, wenn er sich mir gegenüber so vertraut benimmt. Wir kennen uns zwar schon eine halbe Ewigkeit, dennoch möchte ich auf diese Art nur von meinem Mann geküsst werden.

»Lass das«, fauche ich ihn an und wische mir seinen feuchten Kuss mit dem Handrücken von der Haut.

»Uns sieht doch niemand.«

Als ich seine Hände auf meinem Hintern spüre, drehe ich mich ruckartig um. »Spinnst du?«

Er lacht mich frech aus. »Nun hab dich nicht so. Es war doch nur dein sexy Po und nicht deine heiße Muschi, die ich gestreichelt habe.«

Ich bin sprachlos.

»Kommt ihr?«, ruft Irina. Ihr Mann, der mich gerade auf unverschämte Weise betatscht hat, nickt. Ich bin noch immer zu keiner Regung fähig, als Mara die Treppe herunterkommt. Sie trägt einen Kulturbeutel und ein großes Frotteetuch unter dem Arm.

»Ich muss bei euch duschen«, erklärt sie Irina. »Dort oben riecht es wie in einem Kuhstall. Ich bin echt nicht zimperlich, aber dieser Gestank ist wirklich unzumutbar.«

»Kein Problem. Fühl dich wie zu Hause«, erwidert Thomas und geht hinaus auf den Balkon, wo ihn seine Gattin mit einem breiten Grinsen empfängt.

»Was möchtest du, Hasi? Ich habe Rührei und gekochte Eier zubereitet.« Hasi möchte nur ein Croissant. »Greif doch zu, bevor die anderen alles wegfuttern.«

»Irina, bitte. Erstens möchte ich keine Eier und zweitens sind wir hier zu Gast. Also rede nicht so.«

Bitte? Was meint Thomas mit *zu Gast*? Soll das etwa bedeuten, dass Konstantin sie eingeladen hat? Die Antwort auf diese Frage erlaubt keinen Aufschub. Ich will es sofort wissen und sprinte hinauf.

Es ist mir egal, dass mein Mann die Augen geschlossen hat. Ich rüttele an seinem Arm. »Stimmt es, dass dieser Urlaub auf unsere Kosten geht?«

Er blinzelt mich an und bittet mich, ihn weiterschlafen zu lassen.

»Warum? Nenne mir einen vernünftigen Grund, weshalb du das gemacht hast.«

Mit einem lauten Stöhnen antwortet er. »Ich habe die Hausmiete übernommen, weil wir es uns im Gegensatz zu den anderen leisten können.«

»Wir können es uns leisten und die anderen nicht? Verkaufst du mich gerade für dumm?«

Er zieht sich die Decke über den Kopf und schweigt. Das reicht mir als Antwort. Ich ahne den wahren Grund für unsere Gruppenreise. Die Vorstellung, Zeit allein mit mir zu verbringen, muss ihm derartig missfallen haben, dass er es vorgezogen hat, den Gönner zu geben.

»Alles klar, ich habe verstanden«, schimpfe ich, verlasse das Zimmer und schlage die Tür mit einem lauten Knall hinter mir zu.

Unten treffe ich auf Mara. Sie ist frisch geduscht, trägt einen Bademantel und hat sich ein Handtuch um den Kopf gebunden. Mit ihrem Turban stolziert sie auf den Balkon, wo Thomas, Alex und Irina bereits ihre Plätze eingenommen haben.

»Ist der Kaffee noch heiß?«

Irina reagiert sofort und schenkt Mara ein. »Soll ich euch auch ein Brötchen schmieren?«

»Gern, ich nehme ein Körnerbrötchen mit Käse«, antwortet Alex, der gar nicht gemeint ist.

Prompt erhält er einen strafenden Blick von seiner Frau.

»Bitte?«, empört sich Mara. »Wir können selbst unsere Brötchen schmieren, oder leidet hier jemand an Gicht?«

»Macht der Gewohnheit«, lacht Irina. »Ich bin es bei fünf Kindern einfach nicht anders gewohnt.«

»Dann gewöhn dich um!«, raunzt Mara sie an und ich bin kurz davor, Beifall zu klatschen.

Wider Erwarten gesellt sich auch Konstantin zu uns. Er gibt vor, nicht mehr schlafen zu können, was vermutlich meinem Überfall geschuldet ist. Aber das verrät er nicht.

»Wer von euch war so lieb und hat für dieses fürstliche Frühstück gesorgt?«, fragt er und greift in den Brotkorb.

»Vermutlich die Dame, die unter uns wohnt«, meint Irina.

»Sie heißt Trude. Ich habe sie bereits kennengelernt«, lässt Mara uns wissen.

»Nichtsdestotrotz müssen wir einen Großeinkauf machen. Ich habe schon eine Liste geschrieben«, erklärt Irina.

»Den Einkauf übernehme ich«, bestimme ich in einer Tonlage, die keinen Widerspruch zulässt.

»Aber ich zahle«, mischt Thomas sich ein.

»Und ich begleite dich«, verkündet mein Mann und drückt mir einen Kuss auf die Wange. »Mara, können wir deinen Wagen nehmen?«

Sie nickt und Irina reicht uns ihr Handy, auf dem sich der Einkaufszettel befindet.

»Meine Güte, ist die lecker«, schwärmt Alex. Er spricht über die Marmelade, die er dick auf den Käse streicht.

»Das ist Gelee«, verbessert Mara ihn. »Apfel-Quitten-Gelee. Das steht doch dick und fett auf dem Etikett. Wer lesen kann, ist klar im Vorteil.«

Mir rutscht das Herz in die Hose. Apfel-Quitten-Gelee? Ich greife zum Glas und begutachte den Aufkleber, der per Hand beschriftet wurde. *Hausgemacht* steht in geschwungenen Lettern darunter. Das ist doch kein Zufall. Das ist ein Zeichen, das mich an den Tag erinnern soll, an dem das Unglück seinen Lauf genommen hat. Mit zittrigen Händen stelle ich das Glas zurück.

»Weil Irina sich ums Frühstück gekümmert hat und Tori zum Einkaufen fährt, werden Mara und ich uns um den Abwasch kümmern«, schlägt Alex vor.

»Nicht *wir*«, verbessert Mara ihn sogleich. »*Du* wirst allein abwaschen! Ich werde mich anziehen und meine Haare föhnen.«

Beweisfoto

Trude

Mein Telefon klingelt und ich ahne schon, wer der Anrufer ist.

»Ich habe Ihre Nachricht gerade erst gelesen. Was meinen Sie mit: Sie ist nicht dabei?«

»Keine der Damen heißt Vicky. Das habe ich gemeint.«

»Aber das kann doch nicht sein.«

»Ich lege jetzt auf. Sie kommen gerade die Treppe herunter.«

»Was haben Sie denn vor?«

Bis ich ihm erklärt habe, was ich vorhabe, sind sie weg und die Chance ist vertan. Ich lege auf und gehe mit meinem Handy in der Tasche nach draußen.

Die sechs haben sich vor den parkenden Wagen versammelt. Mit einem freundlichen »Guten Morgen« bewege ich mich auf sie zu. »Ich möchte Sie herzlich willkommen heißen«, rufe ich in die Runde.

Der Stimme nach zu urteilen, ist es Irina, die sich für den Frühstückskorb bedankt. »Das war eine nette Überraschung. Vielen Dank.«

Ich wende mich den Männern zu. »Wie ich sehe, geht es Ihnen schon wieder besser.« Ein Mann von stattlicher Statur schaut mich verblüfft an. Er will wissen, wieso ich so gut informiert bin.

Ich deute auf Mara. »Wir haben uns schon bekannt gemacht. Von ihr weiß ich, dass Sie unpässlich waren.« Ich reiche ihm meine Hand. »Ich bin Trude.«

»Angenehm. Konstantin Kampen. Das ist meine Frau Tori.« Nach und nach stellen sich die anderen vor.

»Sind Sie sehr in Eile, Konstantin?« Noch bevor er nach dem Grund fragen kann, richte ich eine Bitte an ihn. »Ich habe mir ein neues Telefon zugelegt, mit dem man auch fotografieren kann, aber die Bilder werden alle unscharf. Würden Sie mir zeigen, was ich falsch mache?«

Ich habe es drauf, die hilflose Alte zu spielen. In meinem Alter kauft man mir die Ahnungslose immer ab. Es klappt auch dieses Mal, denn Konstantin bittet mich, ihm mein Handy zu geben.

Er spricht mit mir wie mit einem kranken Esel. »Bevor Sie auslösen, tippen Sie einmal kurz auf dieses Kästchen, dann stellt das Gerät automatisch scharf. Sehen Sie?«

»Das probiere ich gleich aus. Bitte lächeln«, fordere ich die Damen auf und knipse gleich drei Bilder von den ungleichen Frauen. Links außen steht Mara. Sie trägt einen burschikosen Kurzhaarschnitt. Die Frau in der Mitte muss Tori sein. Ihre braunen Locken verstecken sich unter einem Tuch, das sie sich wie ein breites Band um den Kopf gewickelt hat. Das ist schlau, denn so wird ihre Frisur nicht wie Irinas blonde Mähne vom Wind durcheinandergewirbelt. »Tatsächlich. Gestochen scharf«, rufe ich mit gespieltem Erstaunen aus. »Klasse, vielen Dank.«

Die Gruppe trennt sich. Tori und ihr Mann steigen in den Sportwagen, die anderen spazieren in Richtung Strand. Ich versende die Fotos sofort an *meinen Neffen.*

Seine Antwort erfolgt prompt.

»Warum erzählen Sie mir, dass Vicky nicht dabei sei? Ich habe sie sofort auf den Bildern erkannt. Sie ist das zauberhafte Wesen mit den braunen Locken.«

»Das zauberhafte Wesen heißt Tori und nicht Vicky.«

»Ihr richtiger Name lautet Victoria.«

Also wirklich, darauf hätte ich auch selbst kommen können. Dennoch habe ich sie nicht wiedererkannt. Es ist ja auch schon eine Weile her, dass sie als Teenager hier zu Gast war.

Grosseinkauf

Tori

»Warum bist du so schweigsam?«, fragt Konstantin, während er den Wagen in Richtung Marktplatz lenkt.

Weil hier etwas im Busch ist und ich die Vermutung habe, dass du mir eine Falle stellst, würde ich gern antworten, aber das tue ich nicht. Stattdessen gebe ich vor, über Maras Wagen nachzudenken. »Ich könnte schwören, dass sie bisher einen Roadster mit Schaltgetriebe und Ledersitzen gefahren hat. Oft genug hat sie mich mitgenommen, um das mit absoluter Gewissheit sagen zu können.«

»Na und? Wo ist das Problem?«

»Es gibt kein Problem, ich frage mich nur, warum sie es abgestritten und felsenfest behauptet hat, es handle sich um dasselbe Fahrzeug.«

»Vielleicht hast du dich einfach nur geirrt.«

»Ganz sicher nicht. Schau doch mal auf den Tacho. Dieser Wagen ist noch keine dreitausend Kilometer gelaufen.«

»Dann hat sie sich erdreistet, sich einen neuen Wagen zu kaufen, ohne dich zuvor um Erlaubnis zu fragen. Wie unverschämt von Mara«, verspottet er mich.

»Sie kann sich einen neuen Wagen leisten, ist aber finanziell nicht in der Lage, für den Urlaub zu bezahlen?«

»Nun reite doch nicht ständig darauf rum. Sie sind unsere Freunde und ich habe sie gern eingeladen.«

Ich hole tief Luft. »Es hat zwar gedauert, aber mittlerweile habe ich verstanden. Du lädst lieber alle ein, nur um nicht mit mir allein sein zu müssen. Bin ich denn so unausstehlich?«

Erste Tränen bahnen sich den Weg über meine Wangen.

»Quatsch! Was redest du denn?«

»Ich hatte gehofft, wir würden den Urlaub nutzen, um …«

Konstantin unterbricht mich. Sein Ton wird schärfer. »Nicht wieder das Baby-Thema! Nein, Tori, bitte nicht.«

»Das Baby-Thema ist doch dein Thema. Warum drehst du den Spieß jetzt um und schiebst mir den schwarzen Peter zu?«

»Ich schiebe dir gar nichts zu, ich will einfach nur einen netten Urlaub verbringen. Wo muss ich jetzt hin? Rechts oder links?«

»Fahr geradeaus«, schniefe ich und suche vergeblich nach einem Papiertaschentuch in meiner Tasche.

Stumm schlendern wir durch die Gänge des Supermarktes. Wir haben fast alle Lebensmittel eingepackt, die auf Irinas Liste stehen, als ihr Handy klingelt. Es ist Laura, ihre Älteste, die mich wie eine typische Pubertierende ankeift und mich auffordert, unverzüglich ihre Mutter ans Telefon zu holen.

»Deine Eltern sind am Strand. Ich habe ihr Telefon, weil …«

»Sie soll mich sofort zurückrufen, sonst garantiere ich für nichts.«

»Warum bist so aufgebracht, Süße? Kann ich dir vielleicht helfen?«

»Du? Du steckst doch mit dieser verlogenen Schlange unter einer Decke.«

Noch bevor ich auf den Kinderpsychologin-Modus umschalten kann, legt Laura auf.

»Ich richte es aus«, murmele ich und stecke das Telefon in

meine Hosentasche.

»Haben wir alles?«, fragt Konstantin. Als ich nicke, schiebt er den Wagen zur Kasse.

Wir warten geduldig in der Schlange. Meine Gedanken fahren schon wieder Achterbahn, als ich seine warmen Hände auf meinem Rücken spüre. »Es tut mir leid, dass du dir den Urlaub anders vorgestellt hast. Aber nun lässt es sich nicht mehr ändern. Machen wir doch das Beste daraus.«

Mehr als einen lauten Seufzer bekomme ich nicht heraus. Konstantin zahlt mit Karte. Das war so nicht abgemacht, ärgere ich mich. Thomas wollte die Kosten für den Einkauf übernehmen. Aber vermutlich hat Konstantin mal wieder den Spendablen gespielt und ihm gesagt, dass das nicht nötig sei. Dass mein Mann ständig den Spendablen gibt, nimmt langsam pathologische Züge an. Warum tut er das? Er hat es gar nicht nötig, sich die Sympathie seiner Freunde zu erkaufen. Ich denke nicht länger darüber nach und schiebe den schweren Einkaufswagen zum Parkplatz. Als sich der winzige Kofferraum öffnet, frage ich mich, wie wir alle Taschen darin verstauen sollen. Wie erwartet, scheitert der Versuch, die Klappe zu schließen.

»Bring du den Einkaufswagen zurück, ich packe das ganze Zeug um«, schlage ich vor und nehme alle Tüten wieder heraus. Mit einem Handgriff hebe ich die Abdeckung an, unter der sich gewöhnlich das Reserverad befindet. Ich hoffe, dass ich dort Platz finde, noch einige Sachen zu verstauen.

»Was ist denn das?«, frage ich laut. Völlig verblüfft schaue ich auf zwei Nummernschilder, die kein Hamburger Kennzeichen tragen. Daneben befindet sich eine Mappe mit der Aufschrift FIVE STAR AUTOVERMIETUNG.

Konstantin ist zurück und fragt: »Was machst du da?«

Ich deute auf die Schilder. »Das ist ein Mietwagen. Mara hat sich ein Auto geliehen. Damit wir es nicht merken, hat sie die Kennzeichen ihres alten Wagens angebracht. Sieh doch nur«, fordere ich ihn auf.

Konstantin scheint meine Entdeckung nicht sonderlich zu überraschen. »Bist du nun zufrieden?«, herrscht er mich an.

»Dann hast du gewusst, dass es nicht ihr Wagen ist? Was soll das Theater? Warum hat sie das gemacht?«

Er verzieht genervt das Gesicht. Nur zögerlich antwortet er mir. »Mara und Alex stehen kurz vor der Pleite. Sie musste ihren Wagen verkaufen, um das Schlimmste zu verhindern.«

»Aber ich bin doch ihre Freundin. Warum kommt sie mit ihren Sorgen nicht zu mir, sondern vertraut sich dir an?«

»Die Frage solltest du dir selbst beantworten.«

Jetzt werde ich auch laut. »Was willst du denn damit sagen?«

»Ich meine, dass du unseren Freunden nicht gerade das Gefühl gibst, willkommen zu sein. Seit gestern Nachmittag ziehst du ein Gesicht, dass einem angst und bange wird.«

»Mein Gesicht ist also schuld? Mal sehen, ob Mara das auch findet. Ich bin schon sehr gespannt auf ihre Erklärung.«

»Du wirst sie nicht darauf ansprechen, Tori!«

»Werde ich nicht? Bestimmst du jetzt, was ich sagen und fragen darf?«

Unser offen zur Schau getragener Streit bleibt nicht unbemerkt. Neugierig werden wir von einigen Passanten beobachtet. Ich beende das Spektakel, indem ich eine der Einkaufstüten nehme, wortlos in den Wagen steige und sie zwischen meine Beine klemme.

Kurz darauf knallt die Heckklappe zu.

Konstantin startet den Motor. Ohne mich anzusehen zischt er: »Ich warne dich, Tori. Behalte es für dich.«

»Du warnst mich? Das wird ja immer schöner.«

»Ich bitte dich darum. Klingt das besser? Ich will nicht, dass du ihre Gefühle verletzt.«

Seit wann sind ihm Maras Gefühle wichtiger als meine? Wieso legt er sich so für sie ins Zeug? Und weshalb hat sie ihm ausgerechnet dieses Haus empfohlen? So langsam keimt in mir ein schrecklicher Verdacht.

Als wir das Strandhaus erreichen, erkenne ich Alex, der auf der Treppe hockt und sein Handy ans Ohr hält. Sie sind also schon zurück, denke ich und bemühe mich, das Gesicht nicht zu verziehen.

Statt uns beim Ausladen zu helfen, marschiert er um die Ecke und telefoniert ungeniert weiter. Ich schnappe mir eine Tüte und gehe ins Haus.

»Habt ihr alles bekommen?«, fragt Irina.

Ich nicke. »Wo sind die anderen?«

»Noch am Strand«, antwortet sie knapp und nimmt mir die Einkäufe ab.

Ich lege ihr Handy auf den Tisch und berichte vom Anruf ihrer Tochter.

»Was wollte Laura?«

»Keine Ahnung, aber sie klang sehr aufgebracht.«

Irina stöhnt. »Ich kann mir schon denken, worum es geht. Sie weigert sich, die Ferien unter der Aufsicht von Thomas' Eltern zu verbringen. Lieber möchte sie mit ihren Freunden auf Tour gehen. Aber das habe ich nicht erlaubt. Schließlich ist sie noch nicht volljährig.«

»Sie ist siebzehn und sehr verantwortungsbewusst für ihr Alter. Warum vertraust du ihr nicht?«

Irina dreht sich um. Ihr Blick ist so eisig, dass ich augenblicklich fröstele. »Du würdest anders reden, wenn sie deine Tochter wäre.«

»Obwohl ich keine eigenen Kinder habe, weiß ich, wie sie ticken. Das ist mein Beruf, wenn ich dich daran erinnern darf.«

»Schon gut, Frau Doktor. Ich habe zwar nicht studiert wie du, aber ich weiß auch so, was für meine Kinder das Beste ist.«

Was soll denn dieser spitze Ton? Weshalb zickt sie mich an?

»Alles klar bei euch?«, fragt Konstantin, der gerade die restlichen Taschen in die Küche bringt.

»Alles rosarot und himmelblau«, antworte ich und verlasse den Raum, um mir eine kurze Hose anzuziehen.

Als ich wenige Minuten später nach unten komme, sind Thomas und Mara auch schon eingetrudelt. Mit Ausnahme von Alex sitzen alle auf dem Balkon und schmieden Pläne. Irina fragt, wer heute für uns kochen wird.

»Mich brauchst du gar nicht anzusehen«, fällt Mara ihr ins Wort. »Ich habe Urlaub und werde mich bestimmt nicht in die Küche stellen.«

»Wir können doch auswärts essen«, pflichtet Konstantin ihr bei.

Sollte er sich erlauben, wieder eine generöse Einladung aussprechen, flippe ich aus. Bevor es dazu kommt, ergreife ich das Wort. »Wenn wir nicht hier essen wollen, frage ich mich, weshalb wir überhaupt einen Großeinkauf gemacht haben.«

»Also, ich habe noch keinen Hunger. Allerdings könnte ich einen Drink vertragen«, mischt Thomas sich ein und spricht das erste vernünftige Wort des Tages.

Alex hat sein Telefonat beendet und setzt sich dazu. Prompt erhält er von seiner Frau den Auftrag, zwei Flaschen Wein zu öffnen.

Kurz darauf balanciert er ein Tablett an den Tisch. Wir prosten uns zu. Gerade will ich mein Glas zum Mund führen, als Konstantin sich für einen Trinkspruch erhebt. Ich gehe davon aus, dass er uns einen schönen Urlaub wünscht, aber er holt weiter aus.

»Ihr Lieben. Auch in diesem Jahr haben wir uns wieder versammelt. Meine Freunde, lasst euch sagen, dass ich sehr glücklich darüber bin …«

Das Klingeln eines Handys unterbricht seine schwülstige Ansprache. Es ist Irinas Telefon. Sie geht nicht ran, sondern wirft nur einen kurzen Blick darauf, dann stellt sie es aus.

»Ich habe meine Gören nicht bei den Großeltern untergebracht, um pausenlos von ihnen angerufen zu werden. Sprich nur weiter, Konstantin.«

Er soll weitersprechen? Nicht, wenn es nach mir geht. Ich erhebe mein Glas und sage: »Prost.«

Thomas grinst mich an. Erst jetzt fällt mir auf, dass er die Augen zusammenkneift, obwohl er nicht von der Sonne geblendet wird. »Geht es dir nicht gut?«, frage ich.

»Ich habe Kopfweh, aber es ist halb so schlimm.«

»Soll ich dir eine Tablette holen, Hasi?«, bietet seine Frau ihm an.

»Das wäre nett. Noch netter wäre es allerdings, wenn du mich nicht ständig *Hasi* nennen würdest. Ich hasse das. Nach all den Jahren solltest du das eigentlich wissen.«

Das hat gesessen. Ich gehe fest davon aus, dass Irina weinend den Balkon verlässt, aber sie verblüfft nicht nur mich mit ihrer Antwort.

»Dann hol dir deine Scheißtablette doch selbst. Und bei der Gelegenheit schau gleich nach, ob wir auch Medikamente für gutes Benehmen dabeihaben. Falls ja, dann nimm gleich zwei.«

Ich halte mir vor Lachen die Hand vor den Mund. Mara setzt laut kreischend mit ein. »Bravo, besser hätte ich es nicht sagen können«, gackert sie und streckt die offene Hand für ein High-Five in die Luft.

Irina klatscht ab.

Wir hören das Knattern eines Motorrades, das sich dem Strandhaus nähert.

»Ich tippe auf eine Harley. Der Sound ist unverwechselbar«, erklärt Alex und fordert Thomas und Konstantin zu einer Wette heraus. Die beiden lehnen ab. Dennoch scheint ihre Neugierde geweckt zu sein, denn die drei erheben sich und gehen zur Haustür.

»Natürlich hatte ich recht«, hören wir Alex triumphieren.

»Das wird er sein«, antwortet Konstantin und bittet die Männer, ihm zu folgen.

Fat Boy

Trude

Was ist das denn für eine alberne Verkleidung, denke ich, als *mein Neffe* um die Ecke kommt. In diesem Outfit will er bei Tori Eindruck schinden? Junge, schäl dich schnellstens aus den Lederklamotten, du siehst ja aus wie ein Lude von der Reeperbahn.

»Wo ist Ihr feiner Anzug, den Sie beim letzten Mal getragen haben?«

»Du! Du musst Du zu mir sagen, Tante Trude«, flüstert er und zeigt mit dem Finger nach oben. »Sind sie da?«

Ich nicke. Mit einer Handbewegung zeige ich an, dass sie gerade einen Drink nehmen.

Mein Neffe setzt sich zu mir auf die Bank.

»Wie lautet denn dein Vorname?«

»Sascha.«

Nachdem das geklärt ist, besteht kein Grund mehr zu flüstern. »Möchtest du etwas trinken?«

»Vielleicht später«, antwortet er und schaut auf die Uhr.

Sascha streckt die Arme aus und betrachtet seine Hände.

Sie zittern. Bevor er sich erhebt, atmet er tief durch. »Auf geht's. Drück mir die Daumen, Trude.«

Ich habe keine Ahnung, was er jetzt vorhat. Forschen Schrittes geht er den Kiesweg entlang und verschwindet aus meinem Blickfeld. Ich muss dringend meinen Posten wechseln, wenn ich mitbekommen will, was als Nächstes passiert. Und ich will es unbedingt wissen.

Ich gehe ins Haus. Von meinem Schlafzimmerfester habe ich freien Blick auf den Eingang. Durch die Gardine beobachte ich, wie sich die Männer von oben um ein Motorrad versammeln.

Sascha geht auf sie zu und reicht ihnen die Hand.

»Sie sind ein Tiefstapler, Herr Feldenbach. Von wegen, Sie fahren nur ein kleines Bike. Das ist eine Fat Boy mit einem 1.449 Kubikzentimeter großen Twin-Cam-88B-Motor. Was für ein Sahnestück«, schwärmt Alex. Ich glaube, er hat vor Begeisterung ganz rote Bäckchen bekommen.

»Wollen Sie eine Runde drehen?«, bietet Sascha ihm an.

»Im Ernst? Sie würden mir ...?«

»Na klar, Sie haben doch einen Führerschein«, erwidert er und wirft ihm den Schlüssel zu.

Alex zögert nicht und greift sofort zum Helm. »Wer will mit? Konstantin, du?«

Konstantin winkt ab. Auch Thomas zeigt kein Interesse.

»Vielleicht hat Ihre Frau Lust auf eine kurze Spritztour.«

Alex überlegt kurz. Dann ruft er die Treppe hinauf: »Mädels, kommt mal runter.«

Aber die Frauen kommen nicht. Sie sitzen noch immer auf dem Balkon und können ihn nicht hören.

»Kommen Sie doch mit rein und begrüßen Mara. Sie wird sich freuen, Sie zu sehen.«

Sascha nickt. Sein zufriedener Gesichtsausdruck deutet darauf hin, dass sein Plan aufgeht.

Die vier Männer bewegen sich auf die Treppe zu. Noch bevor Konstantin die erste Stufe nimmt, hält er Sascha am Arm fest und zieht ihn zur Seite. »Haben Sie alles wie besprochen arrangiert?«

»So, wie Sie es bestellt haben, Herr Kampen.«

»Na, dann hoffen wir mal, dass uns die Frauen keinen Strich durch die Rechnung machen.«

Unter Tausenden

Tori

»Mara?«, höre ich Alex rufen. »Komm her und sieh, wer uns einen Besuch abstattet.«

Sie stellt ihr Glas ab und dreht sich um. Kurz darauf erhebt sie sich und geht ins Wohnzimmer. Irina folgt ihr. Ich nicht. Schließlich heiße ich nicht Mara und erwarte keine Gäste.

Gerade schließe ich die Augen und lasse mir die Sonne ins Gesicht scheinen, als ich eine Stimme wahrnehme, die ich unter Tausenden sofort wiedererkennen würde.

»Hallo, Frau Stegner. Gefällt es Ihnen hier? Ich hoffe, Sie fühlen sich wohl.«

Mara quietscht vor Freude. »Ich habe Sie in dieser Montur erst gar nicht erkannt. Ja, Ihr Haus ist eine Wucht. Sie haben nicht zu viel versprochen.«

»Willst du uns nicht bekannt machen?«, fordert Irina.

»Das ist Herr Feldenbach, der Eigentümer des Hauses.«

Feldenbach?

Mein Herz hat für einen Moment aufgehört zu schlagen. Panik macht sich in mir breit und ich werfe einen Blick über die Brüstung. Ich ziehe allen Ernstes in Betracht, vom Balkon zu springen. Lieber gehe ich das Risiko ein, mir die Beine zu brechen, als mit Sascha Feldenbach zusammenzutreffen. Als ich jedoch sehe, dass die Fenstertür zum Master-Bedroom geöffnet ist, fliehe ich in den Schlafraum und verstecke mich im angrenzenden Bad.

Es dauert keine zehn Minuten, bis Thomas mich entdeckt. »Was machst du hier? Wir haben dich schon überall gesucht.«

Jetzt brauche ich schnell eine Ausrede. »Mir ist was ins Auge geflogen, aber ich bekomme es nicht heraus. Kannst du mal schauen?«, bitte ich und klimpere ihn an.

»Du musst schon stillhalten.«

Ich halte still.

»Da ist nichts, zumindest kann ich nichts entdecken.«

Um Zeit zu gewinnen, muss ich ihn dringend in ein Gespräch verwickeln. »Schönes Bad, oder?«

»Es ist mir gar nicht recht, dass wir das größte Zimmer haben. Das hätte dir und Konstantin zugestanden. Ich werde Irina bitten, unsere Sachen zusammenzupacken, und dann tauschen wir.«

»Unsinn. Es macht uns nichts aus, unter dem Dach zu schlafen.«

»Doch, sobald sie zurück ist, räumen wir den Master-Bedroom.«

»Zurück? Wo ist sie denn?«

»Sie und Alex drehen eine Runde mit dem Motorrad des Vermieters.«

»Mit anderen Worten: Der ist noch immer hier? Wann hat er vor, sich zu verdrücken?«

»Offensichtlich nicht so bald. Konstantin und Mara haben ihn gerade auf ein Bier eingeladen.«

Ich stöhne laut auf.

»Komm doch auch mit raus. Das Wetter ist so schön.«

»Genau, Thomas. Weil das Wetter so schön ist, werde ich jetzt zum Strand gehen.«

Mit gesenktem Blick verlasse ich das Zimmer. Ohne in die offene Küche zu schauen, in der die drei stehen und plaudern, gehe ich in den Flur.

»Tori«, höre ich Konstantin hinter mir rufen.

Ich drehe mich nicht um. »Bis später«, antworte ich, reiße die Tür auf und laufe die Treppe hinunter, als wäre der Teufel hinter mir her.

Genau wie damals nehme ich den Weg durch den Garten. Um ein Haar wäre ich mit Frau Kaufmann zusammengestoßen.

»Entschuldigung«, entfährt es mir, dann erhöhe ich das Tempo und renne zu den Dünen.

Ich komme erst zum Stehen, als ich das Wasser erreiche. Erschöpft lasse ich mich in den Sand fallen.

Seit fünfzehn Jahren fürchte ich mich vor diesem Tag. Wie konnte ich nur annehmen, dass ich ungestraft davonkomme?

»Ich bin aufgeflogen«, winsele ich unter Tränen.

Optimist

Trude

Na, das erste Zusammentreffen ist wohl fix in die Büx gegangen, denke ich und nehme wieder auf meiner Holzbank Platz. So rasant wie Tori gerade weggelaufen ist, war es für sie bestimmt keine Wiedersehensfreude.

Sascha tut mir leid. Auch wenn ich seine Vorgehensweise für fragwürdig halte, hätte ich ihm einen anderen Ausgang gewünscht. Eigentlich ist es doch sehr rührend, was er alles anstellt, nur um seine Jugendliebe wiederzusehen. Ich meine ja immer noch, dass es einfacher gewesen wäre, zu ihr nach Hamburg zu fahren, an ihrer Tür zu klingeln und ihr zu gestehen, dass es damals vermutlich ein großes Missverständnis war, das sie auseinandergebracht hat. Aber Sascha hat nicht vor, nur etwas richtigzustellen. Sein Plan ist es, sie zurückzugewinnen.

Mittlerweile glaube ich, dass seine Chancen gar nicht so schlecht stehen. So, wie sich die Eheleute untereinander verhalten, scheint keine große Liebe mehr im Spiel zu sein. Und damit meine ich nicht nur Tori und Konstantin. Auch zwischen den anderen beiden Paaren liegt einiges im Argen.

Was würde ich darum geben, noch einmal in ihrem Alter zu sein. Ich würde das Leben genießen, lieben und nicht noch einmal die falsche Entscheidung treffen. Ich wäre mutiger, egoistischer, glücklicher …

Das Leben ist so verdammt kurz. Ihr habt keine Zeit zu verschenken, möchte ich ihnen am liebsten laut zurufen. Doch ich denke nur stumm.

Irina und Alex waren länger als eine Stunde unterwegs. Nun sind sie zurück und ich höre, wie Sascha sich verabschiedet.

»Dann bis später«, höre ich ihn sagen. Kurz darauf klappt die Haustür. Als er zu mir auf die Terrasse tritt, reiße ich meine Augen auf und hebe meine Arme fragend in die Luft. Wie es gelaufen ist, will ich von ihm wissen.

Er zuckt nur mit den Achseln. »Ich habe sie nicht gesehen. Sie ist, ohne mich zu begrüßen, zum Strand gegangen.«

»Falsch! Sie ist gerannt, obwohl … *geflüchtet* trifft es eher.«

Meine Worte scheinen ihn nicht zu entmutigen. Im Gegenteil. Er strahlt und wirkt hochzufrieden. »Dann weiß sie, wer ich bin. Sie erinnert sich und hat mich nicht aus ihrem Gedächtnis verbannt. Das ist gut, Trude. Das ist sogar sehr gut.«

»Sie ist abgehauen, Sascha. Muss ich dir wirklich erklären, was das bedeutet? Sie will dich nicht sehen.«

Trotz meiner Aussage zeigt er sich optimistisch. »Es läuft alles nach Plan. Schon heute Abend, wenn sie zum Jachthafen kommt, wird sie mich ansehen müssen.«

»Aber du wirst dich doch wohl vorher umziehen? Oder hast du vor, ihr in diesen schmuddeligen Lederklamotten gegenüberzutreten?«

Er grinst. Dieser Gesichtsausdruck ist mir nur zu gut bekannt. Er wurde mir in jüngster Zeit häufiger entgegengebracht und bedeutet nichts anderes als: Ach, du dumme alte Frau. Du hast ja keine Ahnung von unserer Generation.

Wenn du dich da mal nicht täuschst. In Liebesfragen kennt sich niemand so gut aus wie ich. Glaub mir, was das angeht, gibt es keine Altersbeschränkung.

Der beste Sommer

Tori

Ich wollte nicht gefunden werden. Schon gar nicht von Thomas, der mit langsamen Schritten auf mich zukommt. Ungefragt lässt er sich neben mir in den Sand plumpsen. Er greift nach meiner Hand und schaut mir tief in die Augen.

»Warum hast du geweint? Sind wir der Grund? Gehen wir dir schon am ersten Tag so sehr auf den Keks, dass du die Flucht ergreifst?«

»Ihr seid nicht schuld an meiner Stimmung.«

»Du bist eine verdammt schlechte Lügnerin.«

Er legt seinen Arm um mich, und dieses Mal lasse ich ihn gewähren. »Spuck es aus, Tori. Was quält dich? Rede mit mir.«

»Ich habe an früher gedacht. Erinnerst du dich an den Tag, als wir uns kennengelernt haben?«

»Als ob ich das jemals vergessen könnte. Ich sehe dich mit deinem schweren Rucksack direkt vor mir stehen, als wäre es gestern gewesen.«

Mit ausgestrecktem Arm deute ich nach links. »Es war dort drüben.«

Ein Lächeln huscht über sein Gesicht. »Wir haben in Alex' Van campiert und du hast gefragt, ob wir dich nach Hamburg mitnehmen würden.«

»Aber es ging nicht nach Hamburg. Wir sind nach Kopenhagen gefahren.«

»Ja, Kopenhagen. Das war ein toller Sommer. Der beste, den wir je hatten, wenn du mich fragst.«

Sein lauter Seufzer ist nicht zu überhören.

»Beschwere dich nicht, dein Leben ist doch genauso gelaufen, wie du es dir immer gewünscht hattest. Du hast einen tollen Job, eine Frau, die dich vergöttert, und fünf Kinder. Fünf wunderbare Kinder.«

Er nickt stumm, obwohl ich das Gefühl habe, dass er mir lieber widersprechen würde.

»Etwa nicht?«, hake ich nach.

»Man bekommt nicht immer das, was man sich wünscht.«

Über seinen letzten Satz muss ich nachdenken. »Das stimmt nicht, Thomas. Man bekommt immer das, was man verdient. Das nennt man Schicksal.«

»Mein Schicksal kommt gerade angestapft«, erklärt er wenig begeistert. Irinas lautes »Huhu« ist schon von Weitem zu hören. Thomas zieht eine Grimasse. »Ich hasse es, wenn sie *Huhu* ruft. Gefühlte tausend Mal habe ich ihr schon gesagt, dass sie das lassen soll. Aber hört sie auf mich?«

»Du willst, dass jemand auf dich hört? Dann kauf dir einen Hund«, antworte ich und erhebe mich.

Irina strahlt über das ganze Gesicht. »Es war so toll. Ihr glaubt nicht, wie aufregend unser Ausflug war. Wenn es nach mir gegangen wäre, hätte Alex noch stundenlang weiterfahren können. Sag mal, Hasi, was kostet so ein Motorrad? Wir sollten uns auch eins zulegen.«

»Was willst du denn mit einer Harley? Du kannst ja noch nicht einmal Auto fahren.«

»Um einen Führerschein zu machen, bin ich doch noch nicht zu alt.«

»Wehe«, kontert Thomas, und ich ahne den Grund für seinen Einwand. Jedes Mal, wenn Irina sich zur Fahrschule angemeldet hatte, wurde sie kurz darauf schwanger. Ein Schelm, wer jetzt denkt, sie hätte sich mit dem Fahrlehrer eingelassen. Nein, das hat sie ganz sicher nicht getan.

»Ich bin nur gekommen, um euch Bescheid zu sagen. Alex hat beim Bäcker gehalten und wir haben leckeren Kuchen gekauft. Mara kocht gerade Kaffee. Also, wenn ihr wollt …«

Ich falle Irina ins Wort. »Mara kocht Kaffee? Wie kommen wir denn zu der Ehre? Ich dachte, sie wollte im Urlaub keinen Finger krümmen.«

Thomas ergreift sofort Partei. »Du kennst sie doch. Mara braucht immer ein, zwei Tage, um runterzukommen.«

Irina zieht die Brauen hoch. »Genau, die *viel beschäftigte* Dame nimmt mal wieder einen Sonderstatus in Anspruch. Sie darf sich alles erlauben, nur weil sie eine *viel beschäftigte* Unternehmerin ist.«

Thomas pariert trotzig. »Das ist sie ja auch. Mara leitet einen Verlag, was im digitalen Zeitalter gewiss nicht einfach ist.«

»Ich bin auch eine *viel beschäftigte* Frau. Schließlich kümmere ich mich um fünf Kinder und um dich. Trotzdem erwartest du von mir, dass ich mich nicht gehen lasse.«

Thomas lacht sie höhnisch aus. »Du willst dich doch nicht wirklich mit Mara vergleichen?«

»Leute!«, rufe ich schlichtend dazwischen.

»Tut mir leid, Tori. Ich wollte nicht vor dir mit meiner Frau zanken. Besser, ich gehe jetzt zurück. Allein!«

Jetzt hat er es geschafft. Irina schießen Tränen in die Augen. Ich fühle mich aufgefordert, sie zu trösten.

»Er hat es nicht so gemeint. Wir sind alle noch ein wenig

gestresst. Bestimmt tut es ihm schon bald leid und er entschuldigt sich bei dir für seinen rüden Ton.«

»Dir ist also auch aufgefallen, wie er mit mir spricht. So geht das schon seit Wochen. Bei jeder Gelegenheit maßregelt er mich. Dabei ist es ihm völlig egal, ob andere dabei sind.«

»Vor mir brauchst du dich doch nicht zu schämen.«

»Du ahnst nicht, wie demütigend sein Verhalten für mich ist.«

»Dann zeig ihm Kante. Mit deinem Spruch hast du vorhin schon einen Volltreffer gelandet«, lobe ich sie und streiche mit dem Finger eine Träne von ihrer Wange.

»Du rätst mir, auf Konfrontation zu gehen? Gerade du?«

Ich könnte ihr raten, ihn nicht *Hasi* zu nennen und nicht *Huhu* zu rufen, aber ich empfehle ihr nur, ihn nicht ständig zu betüddeln. »Lass ihn künftig die Brötchen selber schmieren. Das kann er. Glaub mir.«

»Weißt du, was er noch kann? Er kann ab sofort die Finger von mir lassen. Ich stehe erst wieder zur Verfügung, wenn er sein Verhalten geändert hat.«

»Du drohst ihm mit Sexentzug? Schadest du dir damit nicht selbst?«

»Lange hält Thomas es ohnehin nicht ohne mich aus. Daran ändert auch seine kleine Linda nichts.«

»Welche Linda?«

»Ach, vergiss es.«

Wie kann ich vergessen, was Irina gerade gesagt hat? Nein, ich muss wissen, wer diese Linda ist. Ich lasse nicht locker und insistiere weiter.

»Auf die greift er zurück, wenn es mir zu bunt wird.«

Bitte? Thomas hat ein Verhältnis und Irina weiß davon? Sie toleriert es sogar? Das wäre für mich unvorstellbar.

Gerade überlege ich, was ich mit Konstantin anstellen würde, sollte ich herausfinden, dass er mich betrügt. Ohne zu zögern, würde ich kurzen Prozess machen.

Schweigend treten wir den Rückweg an. Ich bin noch immer in Gedanken, als sie mich fragt, ob ich nun schockiert sei.

»Thomas ist ein Bock. Er will ständig und überall. Es ist ein Wunder, dass wir nicht noch mehr Kinder haben. Außerdem stellt Linda keine richtige Konkurrenz für mich dar. Wenn ich Thomas vor die Wahl stelle, dann kriecht er tausendmal lieber zu mir ins Bett, als sich mit ihr zu amüsieren.«

Ich bin sprachlos. Nie und nimmer hätte ich gedacht, dass Irina so tolerant ist.

Seit wann geht das mit den beiden? Kennst du sie? Ist sie jünger als du? Ist sie etwa auch verheiratet? Mir liegen zig Fragen auf der Zunge, aber ich stelle nur eine. »Wie sieht sie aus?«

»Ganz unspektakulär.«

Wir nähern uns dem Strandhaus. Mara und die Männer sitzen auf dem Balkon. Sie haben uns noch nicht entdeckt. Sie schauen erst zu uns runter, als Irina laut: »Huhu, wir sind wieder da«, durch den Garten ruft.

Ehrlich, was diesen Punkt angeht, kann ich Thomas durchaus verstehen. Diese Art, sich bemerkbar zu machen, ist wirklich nur schwer zu ertragen.

Erleichtert stelle ich fest, dass das Motorrad verschwunden ist. Folglich dürfte die Luft jetzt wieder rein sein.

Ich folge dem Duft frisch gebrühten Kaffees und werfe einen Blick auf den Kuchen, der auf einem weißen Porzellanteller arrangiert auf dem Küchentresen steht. Sie haben nicht ohne uns angefangen.

»Wie lieb, dass ihr gewartet habt«, rufe ich hinaus und gieße den Kaffee in eine Thermoskanne. Irina nimmt die Kuchenplatte und bringt sie zum gedeckten Tisch auf den Balkon.

Ich beuge mich zu Konstantin hinunter, um ihm einen Schmatzer aufzudrücken, doch er zieht seinen Kopf abrupt zurück. »Wieso bist du allein zum Strand gegangen?«

»Du warst beschäftigt«, gebe ich zurück und schenke mir Kaffee ein.

»Weshalb hast du keinen Ton gesagt? Ich hätte auch Lust auf einen Strandspaziergang gehabt.«

»Du hättest doch nachkommen können.«

»Wie hätte ich wissen sollen, wohin du gegangen bist.«

Ich greife zu einem Stück Kuchen und beiße ein großes Stück ab. Mit vollem Mund muss ich diese alberne Unterhaltung nicht fortsetzen. Wenn Konstantin wirklich mit mir Zeit am Strand verbringen wollte, hätte er mich suchen können. Thomas hat mich schließlich auch ohne GPS gefunden.

»Sag mal, Alex. Was kostet so ein Motorrad, mit dem wir vorhin unterwegs waren?«, will Irina wissen.

Alex überlegt. »Nach oben gibt es keine Grenzen, aber mit dreißigtausend Euro kannst du schon rechnen.«

»Dann muss dieser Feldenbach ja recht gut betucht sein. Er besitzt ein feudales Strandhaus und ein teures Motorrad und sieht nebenbei verdammt attraktiv aus.«

Thomas rümpft die Nase. »Vergiss es, Frau. Wir kaufen kein Bike.«

Frau zeigt ihm den Stinkefinger. Ich atme tief durch und stelle die Frage, die mich seit Stunden beschäftigt: »Woher kennt ihr den Eigentümer des Hauses?«

Ich schaue Mara an. Sie soll mir Auskunft geben, und während sie mir antwortet, werde ich ihren Gesichtsausdruck genau studieren. Ich habe einen Blick für Schwindler und erkenne sofort, ob mich jemand belügt.

»Herr Feldenbach kümmert sich bei uns um die EDV.«

»So, tut er das. Und warum schlägt er einfach hier auf und belästigt uns? In diesem Haus gibt es keine Computer, um die er sich kümmern muss.«

Plötzlich starren mich alle an.

»Na, von Belästigung kann doch wohl kaum die Rede sein. Er hat sich lediglich erkundigt, ob alles zu unserer Zufriedenheit ist. Das ist doch nett, oder etwa nicht?«

Ich muss schnellstens zurückrudern. Meine Reaktion war eindeutig zu drastisch.

»Ja, das war sehr nett von ihm«, gebe ich widerwillig zu. »Ich hoffe dennoch, dass es sich damit erledigt hat und er nicht jeden Tag hier aufschlägt, um sich zu vergewissern.«

Die Aufmerksamkeit richtet sich auf Alex, denn sein Handy klingelt. Verschämt schaut er in die Runde. »Entschuldigt ihr mich bitte für einen Moment?«

Er steht auf und will sich entfernen.

»Nein, ich entschuldige nicht! Mir reicht es! Sag deiner Schlampe, dass sie es nicht noch einmal wagen soll, hier anzurufen, oder sie lernt mich kennen!«

»Sag mal, spinnst du?«, schreit Alex seine aufgebrachte Frau an. Doch statt ihm zu antworten, reißt sie ihm das Telefon aus der Hand, stellt es aus und wirft es meterweit über die Balkonbrüstung. »Du bist ja vollkommen übergeschnappt.«

Mara führt sich wie eine Furie auf. In diesem Urlaub scheinen alle komplett durchgeknallt zu sein, denke ich, als Alex wie von Sinnen das Haus verlässt.

Spürhund

Trude

»Kann ich helfen?«, frage ich den Mann, der auf allen vieren über den Rasen meines Gartens kriecht. Erst als er sich aufrichtet und ich ihn erkenne, hake ich erneut nach. »Was suchen Sie denn, Alex?«

»Ich suche mein Telefon. Würden Sie mich mal anrufen? Wenn es klingelt, kann ich das Handy leichter orten.«

»Wie lautet denn Ihre Nummer?«

Zwei ahnungslose Augen starren mich an. »Was weiß denn ich? Wann rufe ich mich schon mal selber an? Mara, dieses Mal bist du zu weit gegangen«, flucht er.

Mara scheint das anders zu sehen. Sie steht dicht hinter mir und ruft amüsiert: »Kalt … kälter … eiskalt.«

»Du weißt ja gar nicht, was du angerichtet hast. Hilf mir gefälligst!«

Sie macht keine Anstalten, in Bückhaltung zu gehen.

»Thomas«, brüllt Alex den Balkon hinauf. »Ruf du mich mal an!«

»Vergiss es, Alex. Vor meinem Wurf habe ich das Handy

ausgestellt. Es wird nicht klingeln. Es wird nie wieder klingeln. Es hat sich ausgeklingelt, du verdammter Mistkerl!«

Wutschäumend richtet er sich wieder auf. »Du bist so … Mir fehlen die Worte«, schnaubt er und stampft zurück ins Haus.

»Ich hasse dich auch«, knurrt sie ihm hinterher.

Es wäre bestimmt die klügere Entscheidung, mich nicht einzumischen, aber ich bin, wie ich bin. Zurückhaltung liegt einfach nicht in meinem Naturell.

»Was hat Sie denn bloß so auf die Palme gebracht, Mara?«

Sie ist noch immer auf hundertachtzig. »Ich ertrage ihn einfach nicht mehr. Hier ist nur Platz für einen von uns. Das Beste wird sein, ich reise sofort ab.«

»Nun beruhigen Sie sich doch erst einmal.«

»Es war eine Schnapsidee. Ich habe von Anfang an gewusst, dass es mit uns nicht gut geht.«

»Wenn Sie jetzt überstürzt abreisen, verderben Sie nicht nur sich, sondern auch Ihren Freunden den Urlaub. Wollen Sie das wirklich riskieren?«

Mara denkt nach. »Ich brauche dringend eine Zigarette, aber ich kann jetzt nicht hinaufgehen, um meinen Wagenschlüssel zu holen.« Flehend schaut sie mich an. »Hätten Sie vielleicht eine für mich?«

Ich schüttle den Kopf. »Sie wissen doch, dass ich Nichtraucherin bin. Aber ich habe etwas viel Besseres. Kommen Sie.«

Zögerlich folgt sie mir.

Während ich in der Pantryküche einen doppelten Calvados in ein Wasserglas gieße, sitzt sie draußen auf der Holzbank. Langsam aber sicher beruhigt sie sich.

»Sie trinken keinen mit?«, fragt sie, als ich nur ein Glas auf den Tisch stelle.

Ich verneine. »Kippen Sie ihn nicht einfach runter. Das ist ein sehr edler Tropfen, den Sie ganz langsam durch die Kehle laufen lassen sollten.«

Sie befolgt meinen Rat. »Das ist wirklich ein ganz ausgezeichneter Brand«, stimmt sie zu.

Und ob er das ist. Schließlich handelt es sich nicht um einen billigen Schnaps aus dem Supermarkt. Dieser Apfelbrand wurde von meinem Liebsten hergestellt, der in der Normandie eine Obstbrennerei betreibt. Jedes Mal, wenn Jean-Maurice mich besucht, bringt er mir einen Liter mit. Ich hüte die Flasche wie einen wertvollen Schatz und trinke nur zu besonderen Anlässen einen Schluck.

Über uns ertönen Stimmen. Die Frauen fragen sich, wo Mara bleibt.

»Ehrlich, Tori, ich kann Mara verstehen. Alex würde mir mit seiner ständigen Telefonitis auch gehörig auf den Geist gehen. Sieh nur. Jetzt hat er sich Thomas' Smartphone geschnappt und spricht schon wieder.«

Verblüfft schaut Mara mich an. »Hier unten ist ja jedes Wort zu verstehen, das oben gesprochen wird.«

Ich gebe mich erstaunt. »Wirklich? Also ich höre nichts.«

Melody

Tori

Obwohl ich ausdrücklich erklärt habe, dass es so bleiben soll, wie es ist, räumen Thomas und Irina den Schlafraum im Erdgeschoss. Nun darf ich all unsere Sachen nach unten bringen und das Bettzeug tauschen. Mit solch sinnlosen Aktivitäten kann man auch die Zeit totschlagen, ärgere ich mich stumm.

Ich stehe in der Mitte des Raumes vor dem breiten Kingsize-Bett. Es ist nagelneu. Überhaupt hat sich hier einiges verändert. Wo früher ein halbhohes Fenster war, ist jetzt eine Flügeltür, die direkten Zugang zum Balkon bietet. Trotzdem mag ich hier nicht schlafen. Nicht, weil Irina und *ihr Bock* sich in der letzten Nacht hier vergnügt haben könnten. Es ist die Erinnerung an den besagten Sommer, die mich wieder in Beschlag nimmt.

Die Tür, die damals fest verschlossen war, öffnet sich. Konstantin kommt herein. Seine Stimme holt mich wieder zurück in die Gegenwart.

»Wirf dich in Schale und mach dich schön.«

»Ich soll mich schön machen? Ich dachte, ich sei naturschön?«

»Heute Abend gehen wir ganz schick aus.«

Ob der Tag dadurch noch zu retten ist? Ich habe meine Zweifel.

»Tori, was ist mit dir? Was geht dir schon wieder durch den Kopf?«

Ich erkläre, dass ich über unsere Freunde nachdenke. »Was ist nur los in diesem Sommer? Mara und Alex …«

»Die beiden bekommen das wieder hin. Ich bin mir ganz sicher. Es ist völlig unvorstellbar, dass sie sich trennen. Schließlich gehören sie zusammen wie …«

So wie wir? Sag es, Konstantin. Versprich mir, dass auch wir es wieder hinbekommen und dass es nur eine Phase ist, in der es bei uns nicht rund läuft. Versichere mir, dass meine Zweifel unbegründet sind und du mich noch genauso liebst wie am ersten Tag. Sag mir, dass ich dir genüge, und wir auch ohne Kinder glücklich …

»… wie Pech und Schwefel, oder wie sagt man?«

»Wie bitte?«

»Alex und Mara gehören zusammen wie Pech und Schwefel.«

Gerade will ich ihn fragen, ob er von Thomas' Affäre weiß. Natürlich weiß Konstantin davon. Die Männer haben keine Geheimnisse voreinander. Ob er es gutheißt, möchte ich von ihm wissen, aber ich komme nicht dazu, das Thema anzusprechen, denn es klopft an der Tür.

»Darf ich kurz stören?«

»Komm rein, Irina«, antworte ich.

»Heilige Scheiße, du siehst ja zum Fürchten aus. Bleibt das so oder machst du das noch ab?«, lacht Konstantin. Er amüsiert sich über die grüne Tonerde-Maske, die Irina sich ins Gesicht geschmiert hat.

»Kann es sein, dass mein Föhn noch im Badezimmer liegt?«

Ich sehe nach und komme mit ihrem Haartrockner in der Hand wieder zurück.

»Danke, Liebes. Abfahrt in einer Stunde?«

Ich schaue auf die Uhr. »Schon? Warum so früh?«

»Beschwere dich nicht bei mir, ich bin nur der Bote. Die Männer haben es so beschlossen. Ich hoffe, es gibt Fisch auf der Karte. Es ist mir egal, ob gedünstet, gebraten oder roh. Hauptsache, Fisch. Mir steht der Sinn nach Eiweiß.«

Wenn Irina der Sinn nach Eiweiß steht, kann das nur eins bedeuten: Sie ist wieder in anderen Umständen. So war es auch, als sie mit den Jungen schwanger war. Da war kein Rollmops vor ihr sicher.

»Ich muss, Leute. Meine Maske fängt schon an zu bröckeln.«

Wir sind wieder allein und ich frage Konstantin, ob er das Gleiche denkt wie ich.

»Das glaube ich nicht. Irina war immer sehr verantwortungsbewusst. Sie würde niemals Alkohol trinken, wenn sie in freudiger Erwartung ist.«

»Sie hat bisher keinen Wein getrunken, oder doch? Gestern Abend hat sie sich an Kamillentee gehalten. Und heute? Hat sie vorhin mitgetrunken oder nicht? Nun denk doch mal nach.«

»Warum ereiferst du dich dermaßen? Wenn es dich so brennend interessiert, dann geh hin und frag sie selbst. Aber tu mir den Gefallen und werd nicht gleich wieder depressiv, sollte sich dein Verdacht bestätigen. Ich kann nämlich dein ›Jede Frau kann Kinder kriegen, warum ich nicht?‹ wirklich nicht mehr hören.«

Ich schaue meinen Mann fassungslos an. »Warum unterstellst du mir diese Worte? Noch nie habe ich so etwas zu dir gesagt.«

»Willst du zuerst duschen oder soll ich?«

»Konstantin, bitte wechsle nicht das Thema. Antworte mir. Es macht mich rasend, wenn du nicht mit mir sprichst.«

»Also gut, ich gehe zuerst.«

Er lässt mich einfach stehen und verzieht sich ins Bad. Warum tut er das? Weshalb behandelt er mich so?

Um mich fertig zu machen, habe ich weniger als eine Stunde gebraucht. Zwar sind meine Haare am Hinterkopf noch etwas feucht, dennoch nehme ich meinen Blazer vom Bügel und trete hinaus ins Wohnzimmer. Mara steht vor dem Kühlschrank und öffnet eine Flasche Wasser. »Möchtest du auch noch etwas trinken?«

Ich lehne ab und frage, wo die anderen sind.

»Die sind schon vorgefahren. Konstantin meinte, er hätte keine Lust, so lange zu warten, bis seine Madame endlich fertig ist.«

»Bitte? Das hat er gesagt?« Ich schaue auf die Uhr. »Ich bin früher fertig als vereinbart.«

Mara leert das Glas in einem Zug. »Ich wollte mich auch bei dir für meinen Ausraster entschuldigen. Es kommt nicht wieder vor. Künftig werde ich mich besser im Griff haben.«

Ich gehe auf meine Freundin zu. »Eine Entschuldigung ist völlig unnötig. Sag mir lieber, was bei euch los ist. Von welcher Schlampe war vorhin die Rede?«

Mara stöhnt laut auf. »Ich bin ihm schon vor Wochen auf die Schliche gekommen. Aber das ist jetzt auch egal. Ich habe ganz andere Probleme.«

»Warum machst du deinen Kummer allein mit dir aus? Ich bin deine Freundin, du hättest es mir sagen können.«

»Und dann? Hättest du verhindert, dass wir den Verlag an die Wand fahren?«

»Ist es wirklich so schlimm?«

»Schlimmer«, antwortet sie knapp und öffnet erneut den Kühlschrank. Dieses Mal nimmt sie eine angebrochene Flasche Weißwein heraus. »Mein Vater würde sich im Grab umdrehen, wenn er wüsste, wie es ums Geschäft steht. Der Verlag war sein Leben. Er hat all seine Hoffnungen in mich gesetzt, und was mache ich?«

Ich nehme sie tröstend in den Arm. »Bitte, mach dir keine Vorwürfe. Nicht du bist dafür verantwortlich. Die Zeit ist schuld. Alle Printmedien haben es schwer. Die Leute lesen jetzt online und kaufen sich keine hochwertigen Magazine mehr.«

Sie ringt sich ein gequältes Lächeln ab. »Ich habe dich angeschwindelt. Du hattest recht, was den Wagen angeht. Der Roadster ist neu. Aber er gehört mir nicht. Es ist ein Leihwagen.«

»Das weiß ich längst. Ich habe die Mappe vom Autoverleiher im Kofferraum gefunden.«

»Ich habe meinen verkauft, um die Löhne und Sozialversicherungsbeiträge bezahlen zu können.«

»Wir sollten schnellstens die Kennzeichen tauschen, bevor du dir noch Ärger mit der Polizei einhandelst.«

»Das geht nicht. Ich muss verhindern, dass Irina davon erfährt. Ihre Schadenfreude könnte ich jetzt nicht ertragen.«

»Unsinn. So boshaft, wie du denkst, ist sie nun doch nicht.«

Mara lacht höhnisch. »Da kennst du Irina aber schlecht. Sie würde die Nachricht von unserer Pleite so ausgiebig feiern, als fielen Karneval und Silvester auf einen Tag.«

»Ich glaube, sie ist schon wieder schwanger.«

»Oh mein Gott, sag, dass das nicht wahr ist. Was hat diese Frau nur vor? Will sie der Kelly-Family Konkurrenz machen? So unmusikalisch, wie sie ist?«

Ich muss kichern und stecke Mara mit meinem Lachen an.

»Komm, lass uns die Flasche leeren, bevor wir uns auf den Weg machen. Nüchtern überstehe ich diesen Abend nicht.«

»Trink du, ich fahre«, schlage ich vor und gieße ihr ein.

Während Mara und ich die Kennzeichen tauschen, klingelt mein Telefon. Ich ahne schon, wer dran ist. Konstantin wird fragen, wo wir bleiben. Ohne aufs Display zu schauen, gehe ich ran. »Wir sind gleich da.«

»Tori, hier ist Laura. Hast du Mama nicht ausgerichtet, dass sie mich anrufen soll?«

»Doch, ich habe es ihr ausgerichtet.«

»Sie hat nicht zurückgerufen, und an ihr Handy geht sie auch nicht. Sie hat es ausgestellt. Bitte hol sie mir ans Telefon. Es ist wirklich wichtig.«

»Ich kann sie dir nicht geben, Süße. Deine Eltern sind schon auf dem Weg ins Restaurant. Warum rufst du nicht bei deinem Papa an? Er hat sein Handy bestimmt dabei.«

Laura schnaubt vor Wut. »Also gut, richte ihr aus, dass sie aufgeflogen ist. Sag ihr, ich wisse Bescheid.«

»Was weißt du, Süße?«

Es macht klick. Sie hat ohne Gruß aufgelegt.

Während ich den Leihwagen fahre, navigiert Mara mich zum Jachthafen. Vor dem Restaurant halten die Männer eine Parklücke für uns frei.

Der Miene meines Mannes nach zu urteilen, werden wir schon ungeduldig erwartet.

»Wird auch Zeit«, blafft er uns an.

Mara kontert wie aus der Pistole geschossen. »Weshalb steht ihr hier dumm rum? Ihr hättet doch schon ohne uns reingehen können.«

»Wo rein? Es geht nicht ins Restaurant.«

»Sondern?«, frage ich.

Irina hakt sich breit grinsend bei Thomas ein und verkündet: »Wir speisen auf einem Boot. Ist das nicht romantisch?« Mit weit ausgestrecktem Arm deutet sie auf eine Segeljacht, die neben uns im Hafenbecken vor Anker liegt.

Wie die anderen ziehe auch ich die Schuhe aus. Alex reicht mir seine Hand und hilft mir aufs Deck.

»Willkommen an Bord der Melody.« Beim Klang dieser Stimme zucke ich vor Schreck zusammen. Das kann doch unmöglich sein. Was zum Teufel macht Sascha hier? »Fühlen Sie sich wie zu Hause«, bietet er Thomas und Irina an. Die beiden gehen voraus, und nun stehe ich ihm direkt gegenüber. Mal davon abgesehen, dass er die Haare kürzer trägt, scheinen die Jahre spurlos an ihm vorbeigegangen zu sein. »Wir haben uns noch nicht bekannt gemacht«, sagt er und reicht mir die Hand. Ich ringe nach Luft.

»Ich bin Sascha Feldenbach, Ihr Skipper.«

Er siezt mich? Das ist gut. Anders als ich hat er mich nicht wiedererkannt.

»Ich bin die Frau von Konstantin Kampen«, antworte ich und wende meinen Blick ab.

Sascha reicht ein Tablett mit Gläsern herum, die vermutlich mit Champagner gefüllt sind. »Lassen Sie uns anstoßen, bevor wir in See stechen.«

»Das Boot legt ab?«, schreit Mara panisch. »Ohne mich. Alex, du weißt doch, dass es mich auf dem Wasser ängstigt.«

Irina tritt einen Schritt vor. »Frau Unerschütterlich hat Angst vor dem Wasser? Na, so was! Stell dich nicht so kindisch an, Mara. Die See ist doch ganz ruhig. Es herrscht kaum Wellengang. Außerdem fahren wir nicht weit raus, oder, Hasi?«

»Halt die Klappe, Irina!«, wütet Mara und sucht verzweifelt ihre Schuhe.

Schneller als *an* Bord ist sie wieder *von* Bord.

Aus einem Impuls heraus rufe ich ihr hinterher: »Warte auf mich! Ich komme mit.«

Meinem Mann scheint meine Entscheidung nicht zu gefallen. »Tori! Was hast du vor?«

»Tut mir leid, Konstantin, aber ich werde Mara jetzt nicht allein lassen. Viel Spaß auf eurem Törn.«

»Das heißt *Mast- und Schotbruch*«, verbessert Irina mich und in mir wächst der Wunsch, dass dieser Kahn samt Besatzung untergehen möge.

Frauenstammtisch

Trude

Wer mich kennt, der weiß, dass ich nicht so schnell aufgebe. Meine Hartnäckigkeit ist stadtbekannt. Noch vor Einbruch der Dunkelheit gelingt es mir, das fliegende Handy wiederzufinden. Es ist im Staudenbeet gelandet, in dem Margeriten und Rittersporn um die Wette blühen. Mara muss ganz schöne Kraft in den Armen haben, um so weit werfen zu können, denke ich und stecke das Telefon in meine Kittelschürze.

Der Blick auf die Küchenuhr signalisiert mir, mich zu sputen, wenn ich noch rechtzeitig zum Frauenstammtisch kommen will. Und das will ich. Der monatliche Treff ist mir wichtig. Dort gibt es nicht nur Klatsch und Tratsch aus erster Hand. In Hildes Kneipe habe ich die Möglichkeit, meine beste Freundin Marlies zu treffen, die seit Tagen mit mir mault. Sie behauptet, ich hätte ihr auf den Schlips getreten. Wie soll ich das denn angestellt haben, sie ist doch gar keine Krawattenträgerin? Sie ist eine Mimose der Sondergüte und hat, wie schon so oft, überempfindlich reagiert, nur weil ich vorsichtig gefragt habe, ob es das neue Kleid, das sie sich im *Sale* gekauft hat, nicht auch in ihrer Größe gegeben hätte. Obwohl ich mir verkniffen habe, ihr zu sagen, dass sie darin wie eine Presswurst aussieht, war meine Bemerkung schon wieder zu viel für das Sensibelchen. Nun herrscht mal wieder Funkstille zwischen uns.

Eigentlich lege ich den Weg zur Stammkneipe immer zu Fuß zurück. Heute nicht. Ich steige in meinen Kleinwagen und fahre zur Ortsmitte.

Nanu, denke ich, als ich einparke. Ist das nicht Maras Sportwagen? Ich muss mich irren, denn der Flitzer trägt kein Hamburger Kennzeichen.

Üblicherweise hat die Wirtin für uns Landfrauen immer einen Tisch im Clubraum reserviert. Heute nicht. Marlies und die anderen sitzen in der Gaststube an Tisch zwei.

»'n Abend«, rufe ich in die Runde und setze mich auf den letzten freien Stuhl. Alle grüßen zurück. Mit Ausnahme von Marlies. Sie schaut aus dem Fenster und ignoriert mich.

»Schneit es? Oder was gibt es dort draußen so Interessantes zu sehen?«, frage ich sie. Alle lachen, nur Marlies nicht, sie zieht eine Flappe.

»Wenn ich gewusst hätte, dass du heute kommst, wäre ich zu Hause geblieben«, giftet sie.

»Ich lasse doch nie einen Stammtisch ausfallen. Das weißt du doch. Und nun mach mal wieder ein freundliches Gesicht. In deinem hohen Alter sollte man auf seine Mimik achten. Und deine Mimik ist nicht gerade vorteilhaft.«

»Du kannst mich mal gernhaben, wo ich schön bin, Trude.«

»Welche Stelle deines runzeligen Körpers soll das denn sein?«

Marlies steht auf. »Lasst mich vorbei! Mir reicht es.«

Sie verlässt tatsächlich den Stammtisch. Von mir aus. Reisende soll man nicht aufhalten. »Komm gut nach Hause, *Mimosa pudica*«, rufe ich ihr hinterher.

Sie hebt ihren Arm, zeigt mir den Mittelfinger und setzt sich auf einen Hocker vor dem Tresen.

Alles klar. Marlies hatte ihren Auftritt, jetzt können wir zum gemütlichen Teil übergehen.

Outing am Tresen

Tori

Weshalb ich gerade diese Kneipe vorgeschlagen habe, wird Mara sich sicherlich fragen. Ich frage mich, warum sie für uns Calvados bestellt. Bisher haben wir immer nur Cocktails, Wein oder Longdrinks gebechert, wenn wir uns in Hamburg zum Quatschen verabredet haben. Aber ich habe in diesem Moment nichts gegen einen Hochprozentigen. Mir ist alles recht, was dazu beiträgt, das Zusammentreffen mit Sascha zu verdauen.

»Mittlerweile bekomme ich den Eindruck, die Männer legen es darauf an, Streit anzuzetteln. Alex weiß ganz genau, dass ich niemals ein Boot besteigen würde.«

Mara könnte mit ihrer Vermutung recht haben. »Konstantin benimmt sich auch sehr eigenartig. Schon zweimal hat er mir unterstellt, ich würde ihm mit der Babyfrage zusetzen. Dabei ist er es doch, der sich um jeden Preis ein Kind wünscht.«

Die Wirtin serviert den bestellten Schnaps. »Ich kenne Sie doch. Sie sind die Frau mit dem Kamillentee. Geht es Ihrem Mann schon besser?«

»Es geht ihm besser, als er es verdient«, antworte ich und kippe den Kurzen in einem Zug hinunter.

»Den darfst du nicht kippen. Apfelbrand muss man ganz langsam genießen.« Mara zeigt mir, wie man Calvados trinkt. »Diesen allerdings nicht. Der schmeckt ja gar nicht, der kratzt nur im Hals.«

Seit wann sie sich mit Calvados auskennt, will ich wissen.

»Seitdem ich einen bei Trude Kaufmann getrunken habe. Du weißt schon, wen ich meine. Die ältere Dame aus dem Souterrain.«

Die Frau, die neben mir auf dem Barhocker sitzt, beugt sich vor. Ungefragt mischt sie sich in unsere Unterhaltung. »Sie wohnen im Küstenwanderweg?«

Obwohl ich gemeint war, antwortet Mara. »Ja, genau, im Strandhaus von Herrn Feldenbach. Kennen Sie ihn?«

»Wen?«

»Na, den Eigentümer. Sascha Feldenbach.«

Ich bete zu Gott, dass Mara aufhört, ständig diesen Namen zu sagen.

»Das Haus gehört Trude Kaufmann. Sie sitzt dort drüben an Tisch zwei.«

Mara und ich drehen uns um.

»Sie irren sich. Die Dame ist die Hausmeisterin und bewohnt das Untergeschoss. Eigentümer ist Herr Feldenbach.«

Die Frau lacht schallend laut. »Wer hat Ihnen denn diesen Blödsinn erzählt?«

»Stimmt es etwa nicht?«, frage ich irritiert nach.

Mara klärt die neugierige *Barhockerin* auf. »Frau Kaufmann kümmert sich lediglich um die Belange der Feriengäste.«

»Diese Geschichte ist so falsch wie der Schnaps, den Sie sich gerade bestellt haben. Erstens: Das Strandhaus gehört Trude. Zweitens: Das ist kein Calvados, sondern gepantschter Wodka mit Apfelkorn. Den mischt die Wirtin selbst. Sie sollten die Finger davonlassen, wenn Sie morgen nicht mit einem Brummschädel aufwachen wollen.«

»Was den Schnaps angeht, könnten Sie recht haben, aber dass Herr Feldenbach der neue Eigentümer ist, das weiß ich genau. Ihm gehört das Haus, Frau Kaufmann hat lediglich Wohnrecht auf Lebenszeit.«

Die Frau schaut Mara mit großen Augen an. Kurz darauf zieht sie ihren Mantel aus, hängt ihn an die Garderobe und geht zum Tisch, an dem Trude und sechs andere Frauen sitzen.

»Böse Zungen behaupten, du hättest dein Haus verkauft«, ruft sie ihnen zu.

Die Frauentruppe gerät in große Aufregung. Alle sprechen durcheinander. »Warum, du wolltest doch nie verkaufen.« – »An wen hast du verkauft?« – »Wie konntest du nur? Das Haus ist deine Altersversorgung.«

»Wer behauptet denn so was?«, will die Hausmeisterin wissen. Die Dame vom Tresen zeigt auf uns. Trude dreht sich kurz um und verzieht missmutig das Gesicht.

Während die Landfrauen wie wild auf Frau Kaufmann einreden, rauft sie sich die Haare. »Was geht es euch an? Das ist schließlich meine Privatsache«, erklärt sie der aufgebrachten Meute.

Aufgeregt kramt sie ihr Portemonnaie aus der Handtasche, legt einen Schein auf den Tisch und wünscht den anderen noch einen schönen Abend.

»Besten Dank«, zischt sie uns im Hinausgehen zu.

Besten Dank wofür, fragen wir uns.

»Darf es noch was sein?«, fragt die Wirtin.

Mara nickt. »Immer nachschenken, sobald die Gläser leer sind«, trägt sie der Frau hinter der Theke auf.

Mir ist speiübel, aber Mara hat noch immer nicht genug.

»Das ist der Letzte, den ich ausschenke. Wir schließen jetzt. Soll ich Ihnen ein Taxi rufen?«

»Ja, bitte«, antworte ich der Wirtin und bitte um die Rechnung.

»Ich zahle«, lallt Mara. »Ihr habt schon die Hausmiete übernommen.«

»Meinetwegen«, gebe ich nach. Ich bin viel zu betrunken, um über die Zeche zu verhandeln.

Im Taxi wird mir richtig schlecht. Gut, dass der Fahrer für die Strecke nur drei Minuten braucht.

Der sogenannte Calvados landet in der Rosenhecke vor dem Strandhaus. Dort, wo eigentlich Thomas' Wagen parkt.

»Sie sind noch nicht wieder zurück«, stammle ich.

»Wunderbar, dann kann es ja noch ein schöner Abend werden«, kichert Mara.

Ich suche in meiner Tasche nach dem Haustürschlüssel, als Frau Kaufmann um die Ecke kommt.

»Wir müssen reden«, fordert sie streng.

»Trude … du alter Wachhund. Warum lauerst du uns auf? Du willst reden? Siehst du denn nicht, dass wir völlig besoffen sind?«, gackert Mara.

»Dann halt morgen früh. Vergessen Sie es nicht!«

Sie geht zurück in ihre Wohnung. Wie hat Mara sie gerade genannt? Alter Wachhund? Von wegen. Damals war sie nicht wachsam. Hätte sie aufgepasst, wäre mir viel Leid erspart geblieben und das Unglück hätte nie stattgefunden.

Nach einigen Versuchen gelingt es mir, die Haustür aufzuschließen.

»Tori, ich glaube, ich schaffe es nicht mehr die Treppe hinauf.«

»Dann schlaf bei mir. Ich mag ohnehin nicht allein in diesem Zimmer sein.«

Wir torkeln gemeinsam in den Master-Bedroom. Ohne uns auszuziehen, fallen wir aufs Bett.

»Du, Mara? Ich möchte dir etwas anvertrauen. Versprichst du mir, dass du es für dich behältst? Ich war schon einmal hier. Damals ist etwas Schreckliches passiert. Mara? Schläfst du schon?«

Ich höre sie schnarchen. Niemals hätte ich gedacht, dass es jemanden gibt, der lauter als Konstantin schnarchen kann. Gerade werde ich eines Besseren belehrt.

Mitgefangen …
mitgehangen

Trude

Ich bin so aufgebracht, dass an Schlaf nicht zu denken ist. Mir war doch gleich klar, dass diese Lügengeschichte nicht ohne Folgen bleibt. Warum hab ich mich nur darauf eingelassen? Weshalb mussten Mara und Tori ausgerechnet in meiner Stammkneipe auftauchen?

Scheinwerfer erleuchten den Küstenwanderweg. Das wird Thomas' Limousine sein. Obwohl es weit nach Mitternacht ist, rufe ich bei Sascha an, um ihm zu sagen, dass ich nicht mehr mitspiele. Mailbox. Dann eben so. Ich hinterlasse eine Nachricht. »Das war's, mein Lieber. Ich bin aufgeflogen. Das halbe Dorf denkt, ich hätte mein Haus an dich verkauft. Wie stehe ich jetzt da? Dein Plan ist so was von bescheuert. Trotz Strandhaus, Motorrad und Segeljacht will Tori nichts von dir wissen. Leg die Karten endlich auf den Tisch. Wenn du es nicht tust, mach ich es!«

Ich lege auf und gehe hinaus. Ich brauche dringend Frischluft.

Über mir öffnet sich die Schiebetür. Ich höre Konstantin sagen: »Ich glaube es nicht. Tori und Mara liegen stockbesoffen in unserem Bett.«

»Und wo ist ihr Wagen?«, will Irina wissen. Sie scheint die Einzige zu sein, die guter Laune ist. »Jungs, das war toll. Es war so unbeschreiblich aufregend. Ich kann es kaum erwarten, morgen wieder an Bord zu gehen. Hasi, was meinst du? Was kostet so eine Segeljacht?«

»Zu viel für uns«, antwortet ihr Mann und bittet sie, jetzt mit ihm schlafen zu gehen.

Es scheint, als sei sie seiner Aufforderung gefolgt, denn plötzlich herrscht absolute Stille.

Gerade will ich reingehen, als über mir Stühle gerückt werden.

»Was machen wir jetzt? Irina ist fest entschlossen mitzukommen. Konstantin? Hörst du mir gar nicht zu?«

»Doch, Alex. Ich höre, was du sagst. Ich überlege nur gerade, ob wir es nicht lieber abblasen sollten.«

»Bist noch ganz dicht? Du wirst doch jetzt keinen Rückzieher machen.«

»Es widerstrebt mir, Tori zu hintergehen.«

»Wenn ich dich erinnern darf, es war deine Idee. Und es ist nach wie vor eine gute Idee.«

»Ich weiß nicht, mir kommen Zweifel.«

Alex wird lauter. »Schau mich an! Wir drei, Thomas, du und ich, wir ziehen das durch.«

Was hecken die Männer bloß aus? Ich werde noch dahinterkommen.

Katerfrühstück

Tori

Die Dame, die uns gestern eindringlich vor dem Fusel gewarnt hat, hatte vollkommen recht. Mein Schädel brummt nicht nur, er droht gleich zu zerplatzen. Neben mir erwacht gerade meine Saufkumpanin.

Vorsichtig setzt sie sich auf und umklammert mit beiden Händen den Kopf. »Wer zum Teufel macht am frühen Morgen solchen Krach?«, fragt Mara.

»Na, wer wohl?«, gebe ich spöttisch zurück und steige aus dem Bett. Ich bin mir sicher, Kopfschmerztabletten eingepackt zu haben, aber wo sie sich befinden, will mir nicht einfallen. Nachdem ich vergeblich meine Handtasche durchwühlt habe, werde ich im Kulturbeutel fündig.

»Du auch?«, frage ich und fülle einen Zahnputzbecher halb voll mit Leitungswasser.

»Gib mir gleich zwei, bitte.«

Ich nehme nur eine. Die Pille steckt noch in meinem Hals, als erneut ohrenbetäubender Lärm zu hören ist. Jemand schlägt in der Küche mit voller Wucht die Schranktüren zu.

Wir verlassen das Zimmer und treffen auf Irina.

Ich murmele ein leises »Guten Morgen«, aber sie antwortet nicht. »Alles klar?«

Keine Reaktion.

Mara startet einen eigenen Versuch. »Hast du auch einen Kater oder was ist mit dir los?«

Endlich dreht sie sich um. »Einen Kater? Ich habe eine Stinkwut! Und die werdet ihr auch gleich haben, wenn ich euch erzähle, was los ist.«

Ich verdrehe die Augen. Warum sagt Irina nicht einfach, was sie so in Rage gebracht hat, statt nur vage Andeutungen zu machen? Mir steht wirklich nicht der Sinn nach Ratespielen, dennoch frage ich nach. »Was ist denn los?«

»Die Männer segeln nach Kopenhagen. Ohne uns!«

»Wie bitte? Wann?«, will ich wissen.

»Heute. Alex und Thomas packen schon ihre Taschen.«

»Ist doch super«, jubelt Mara. »Wie lange werden sie fort sein?«

»Moment mal. Habe ich das richtig verstanden?«, unterbreche ich ihren Freudentanz.

Ich spüre eine Hand auf meiner Schulter. Konstantin hat sich angeschlichen und schnuppert an mir. »Puh, hast du eine Fahne.«

»Stimmt es, was Irina sagt? Ihr Männer wollt allein nach Kopenhagen segeln?«

»Du weißt es also schon. Fein, dann kann ich mir lange Erklärungen sparen und rasch meine Sachen packen. Die Melody legt nämlich schon in einer Stunde ab.«

»Warte! Nicht so schnell, Herr Kampen. Wie kommt ihr auf diese dumme Idee?«

»Herr Feldenbach hat es uns gestern Abend angeboten und wir haben spontan zugesagt.«

»Ihr verabredet euch zu einem Segeltörn, obwohl ihr wisst, dass Mara seekrank wird?«

»Das wird ein reines Männerding. Für euch Frauen gäbe es gar keinen Platz an Bord. Es sind nur zwei Kajüten frei.«

Irina mischt sich ein. »Ganz richtig. Zwei Kajüten mit insgesamt vier Kojen. Folglich ist für mich ein Schlafplatz vorhanden. Also, weshalb darf ich nicht mit?«

Ohne sie anzusehen, antwortet Konstantin furchtlos: »Wenn du es genau wissen willst … Wir haben abgestimmt. Das Ergebnis fiel einstimmig aus.«

Mein gerade noch so mutiger Mann flüchtet vor Irinas wütendem Blick ins Schlafzimmer. Ich folge ihm, um ihn zur Rede zu stellen, doch er ergreift vor mir das Wort.

»Nun zieh doch kein Gesicht, Tori. Das ist eine einmalige Gelegenheit. Gönn uns doch den Spaß.«

Seine Worte verärgern mich noch mehr als sein eigenmächtiges Handeln. Das hat er ja sehr clever eingefädelt. Wenn ich jetzt mein Veto einlege, bin ich die Spielverderberin und darf mir bis zum letzten Urlaubstag vorhalten lassen, dass ich ihnen das Abenteuer missgönnt habe.

»Wie lange werdet ihr denn unterwegs sein?«

»Der Skipper geht von fünf bis sechs Tagen aus.«

Ich beiße die Zähne zusammen und stöhne laut auf. Jetzt bitte kein weiteres Wort über den Skipper. Erwähne bloß nicht seinen Namen.

Wahllos stopft Konstantin Wäsche in eine Tasche.

»Ich bin mir sicher, dass ihr euch auch ohne uns amüsieren werdet. Im Nachbarort soll es ein neues Wellnesshotel geben. Dort könnt ihr euch mal richtig verwöhnen lassen.«

Ich bekomme einen Blitzkuss. Dann stürmt er aus dem Zimmer. »Alles klar, Jungs? Ich bin fertig. Meinetwegen kann es losgehen.«

Im Gegensatz zu mir erhält Irina zum Abschied mehr als ein flüchtiges Küsschen. Thomas nimmt sie in den Arm und drückt sie so fest an sich, als wäre es ein Abschied für immer. Auch Alex verblüfft mich, als er sagt: »Entspann dich, Mara. Mach dir ein paar Tage mal keine Sorgen. Es wird alles wieder gut, vertrau mir.«

Die drei steigen in Thomas' Wagen und rauschen davon.

»Na, super. Jetzt haben wir noch nicht einmal ein Auto, in das wir zu dritt hineinpassen«, schimpfe ich.

»Das Ganze stinkt«, erklärt Mara. »Wenn ihr mich fragt, war diese Aktion von langer Hand geplant. Von wegen *Männertour*.«

»Was vermutest du denn?«, will Irina wissen.

»Diese Mistkerle wollen es richtig krachen lassen. Und dass sie Irina nicht mitgenommen haben, hat nur einen Grund. Ihre Koje ist bereits anderweitig reserviert.«

Irina begreift nicht, was Mara meint. Ich verstehe sofort, worauf sie hinauswill. »Niemals!«, entgegne ich. »Das würde Alex sich nicht herausnehmen.«

»Hundert Prozent! Ich gehe jede Wette mit dir ein. Nicht umsonst hat er die letzten Tage ständig am Handy geklebt. Er hat seine Schickse kommen lassen.«

»Wen?«

Ich kläre Irina auf. »Mara vermutet, dass Alex auch eine Linda hat.«

Jetzt ist es Mara, die nachfragt. »Thomas etwa auch? Was ist bloß los mit den Kerlen? Für eine Midlife-Crisis sind sie doch eigentlich noch viel zu jung.«

Ich nicke. »Ja, Thomas auch, und was mich besonders wundert, ist, dass Irina noch nicht einmal etwas dagegen hat. Für mich wäre das unvorstellbar.«

»Unvorstellbar? Nun hör aber auf! Das ist doch das Normalste von der Welt«, erklärt Irina mit einer Selbstverständlichkeit, die uns sprachlos macht. »Wirklich, manchmal wundere ich mich, wie verklemmt ihr beiden seid.«

»Zwischen *verklemmt* sein und eine Affäre zu tolerieren, liegt ja wohl ein himmelweiter Unterschied«, erbost sich Mara.

»Wer redet denn von einer Affäre?«

Nun bin ich es, die auf der Leitung steht. »Na, du! Du selbst hast es mir gestern am Strand erzählt.«

Irina bricht in lautes Lachen aus. »Hast du etwa gedacht, Linda sei Thomas' Geliebte?«

»Was denn sonst?«

»Sie ist seine … Nein, wartet. Vielleicht hat er sie hiergelassen und ich kann sie euch zeigen.«

Irina läuft die Treppe hinauf.

Während ich für Kaffee sorge, ruft sie von oben hinunter: »Ich hab sie. Gleich werdet ihr Augen machen.«

In der Tat schauen wir regelrecht entgeistert. So etwas habe ich zuvor noch nie gesehen. Auch Mara staunt Bauklötze, als Irina den kleinen, schwarzen Karton öffnet.

»Was zum Geier ist das?«, wollen wir wissen.

»Das ist Linda. Thomas' Taschen-Muschi.«

»Igitt, pack das weg«, ruft Mara angewidert.

»Das ist ganz normales Sexspielzeug für Männer.«

»Bitte, was?«

»So wie wir Frauen einen Dildo benutzen, greifen die Männer zu …«

Mara empört sich. »Ich besitze gar keinen Dildo. Ich brauche auch keinen. Bisher kam ich immer ohne einen Vibrator auf meine Kosten.«

»Bisher? Wann genau war denn dein letztes Mal?«, lästert Irina. »Momentan machst du den Eindruck auf mich, als wäre es verdammt lange her gewesen. Du bist so was von überfällig, meine Liebe. Deine ganze Frustration ist mangelndem Sex geschuldet.«

Mara springt auf die Provokation sofort an. »Du nennst mich frustriert?«

Ich muss sie schleunigst davon abhalten, Irina an die Gurgel zu gehen.

Aber statt einzulenken, legt Irina noch einen drauf. »Ich nenne dich so, weil du es bist.«

»Das ist ja die Höhe. Diese dumme Pute nennt mich frustriert.«

»Dumme Pute?«

»Und das ist noch gelinde ausgedrückt, du Schwachmatin!«

Jetzt reicht es. Ich muss die beiden Streithennen sofort trennen. »Hört auf, euch anzugiften. Seid ihr denn völlig durchgeknallt?«

Mara schnaubt. »Muss ich mir das von so einer Hohlbratze sagen lassen?«

Die Hohlbratze kontert: »Nur weil ich kein Abitur gemacht und nicht studiert habe, bin ich noch lange nicht dumm.«

»Das behauptet doch niemand«, werfe ich ein.

»Dann tut nicht ständig so, als sei es so. Zwar habe ich keinen Doktortitel und bin auch keine Erbin eines renommierten Verlages, dennoch habe ich deutlich mehr vorzuweisen als ihr beiden zusammen. Ich sage nur *fünf*!« Irina streckt den Arm in die Luft und spreizt alle Finger ihrer linken Hand.

»Ja, auf deine missratene Brut kannst du echt stolz sein. Kurz über lang landen sie alle bei Tori in der Therapie. Dann kann sie zurechtrücken, was du all die Jahre verkorkst hast.«

»Das nimmst du zurück, Mara!«

»Nicht eine Silbe nehme ich zurück. Deine Gören sind komplett verzogen. Sie haben kein Benehmen und sind für die Umwelt die reinste Zumutung.«

»Jetzt bist du zu weit gegangen«, schreit Irina und stürmt auf Mara zu. »Auf meine Kinder lasse ich nichts kommen.«

Wie ein Ringrichter beim Boxkampf stelle ich mich zwischen die beiden und zähle laut bis drei. Es gelingt mir, die Situation zu entschärfen. »Apropos Kinder. Laura hat gestern Abend schon wieder bei mir angerufen. Sie will dich dringend sprechen.«

Auf der Suche nach ihrem Handy verlässt Irina wortlos die Küche.

Mara schenkt sich einen Kaffee ein. Nach dem ersten Schluck lässt sie mich wissen, was sie nun vorhat. »Ich reise ab.

Nicht eine Minute länger als nötig werde ich mit dieser Irren unter einem Dach verbringen.«

»Solltest du das ernsthaft in Erwägung ziehen, waren wir die längste Zeit befreundet«, drohe ich ihr. »Du wirst dich nicht mit dem einzigen fahrbaren Untersatz verdrücken.«

»Wenn es dir nur darum geht, dann lass uns zum Jachthafen fahren und Thomas' Wagen holen.«

Natürlich geht es mir nicht allein um den Wagen. Mir graut vor der Vorstellung, die nächsten Tage allein mit Irina verbringen zu müssen. Aber das kann ich nicht laut sagen, denn sie kommt gerade mit dem Handy am Ohr zurück.

»Hier ist Mama. Jetzt rufe ich dich wie gewünscht zurück und erreiche nur deine Mailbox. Was wolltest du? Wenn es um das leidige Thema geht, dann kannst du sicher sein, dass ich meine Meinung nicht geändert habe. Du verbringst wie abgesprochen die nächsten zwei Wochen mit deinen Geschwistern bei uns zu Hause mit deinen Großeltern. Solltest du jedoch etwas anderes auf dem Herzen haben, dann melde dich. Ich hab dich lieb.«

Irina verschickt noch einige Küsschen, dann legt sie auf.

»Bist du im Besitz eines Zweitschlüssels für euren Wagen?«, fragt Mara.

Irina schüttelt den Kopf. »Wieso, was habt ihr denn vor?«

Statt ihr zu antworten, wendet Mara sich an mich. »Dann lass uns keine Zeit verlieren. Wir müssen den Jachthafen erreichen, bevor die Männer ablegen.«

Ich kläre Irina auf. »Wir wollen euren Wagen holen, damit wir die nächsten Tage mobil sind.«

Eigentlich sollte Irina sich über unseren Einsatz freuen, aber sie nimmt unser Vorhaben nicht mit Begeisterung auf.

»Ihr wollt jetzt mit dem Auto fahren? Ihr stinkt wie eine ganze Schnapsfabrik. Schon mal was von Restalkohol gehört?«

Ich gebe es ja ungern zu, aber sie hat recht. »Dann ruf Thomas an und bitte ihn, den Schlüssel im Restaurant abzugeben. Ich kann den Wagen auch später holen.«

Diesen Vorschlag akzeptiert sie, ohne zu widersprechen.

Ich gehe ins Bad, um mich frisch zu machen.

Nach einer ausgiebigen Dusche fühle ich mich wieder wie ein Mensch, auch wenn ich nicht so aussehe, wie mir mein Spiegelbild erbarmungslos offenbart.

Ich schlüpfe in saubere Wäsche und trete auf den Balkon.

Irina hat mich entdeckt. »Ich habe Thomas nicht erreicht. Mara hat sich gegen meinen Rat ins Auto gesetzt und ist zum Anleger gefahren. Ich hoffe, sie gerät in eine Polizeikontrolle. Dann ist ihr Führerschein weg.«

Ich schaue sie entsetzt an. »Warum bist du bloß so garstig? Wieso wünschst du ihr nur das Schlechteste? Was ist das zwischen dir und Mara?«

»Hast du nicht gehört, wie sie über meine Kinder gesprochen hat?«

»Doch, das war, nachdem du sie als sexuell frustriert beschimpft hast.«

»Natürlich stellst du dich wieder auf ihre Seite. Warum wundert mich das nicht? Ich bin ja schon immer nur das dritte Rad am Wagen gewesen.«

»Es heißt *das fünfte Rad am Wagen*, und es trifft überhaupt nicht zu.«

»Siehst du, du machst es auch. Bei jeder sich dir bietenden Gelegenheit lässt du mich spüren, dass ich dumm bin.«

Sollte es stimmen, was Irina mir vorhält, hätte ich ja viel zu tun. Aber vielleicht stimmt es ja, was sie mir vorwirft. Verhalte ich mich ihr gegenüber nicht doch bisweilen überheblich?

»Ich halte dich gewiss nicht für dumm. Sollte ich dir das Gefühl vermittelt haben, dann tut es mir leid und ich entschuldige mich bei dir.«

»Entschuldigung angenommen.«

Buschtrommeln

Trude

Das Gerücht, ich hätte mein Haus verkauft, hat sich in Windeseile verbreitet. Schon um sieben Uhr in der Früh wurde ich beim Bäcker darauf angesprochen. Mir war sofort klar, wem ich das zu verdanken habe. Seitdem rufe ich fortlaufend bei Marlies an. Aber ihr Anschluss ist pausenlos besetzt.

Endlich bekomme ich ein Freizeichen. Ohne sie zu begrüßen, lege ich gleich los.

»Na, du geschwätzige Plaudertasche, hast du das Örtliche schon abtelefoniert? Dann mach dich an die Arbeit und rufe alle noch einmal an. Sag, dass du ihnen einen gewaltigen Bären aufgebunden hast. Ich habe mein Haus nicht verkauft und ich denke nicht im Traum daran, es zu verkaufen.«

Ohne sie zu Wort kommen zu lassen, lege ich auf. Eigentlich sollte es mir jetzt besser gehen, so ist es aber nicht. Ich hab noch immer eine Stinkwut im Bauch. Als Nächstes werde ich mir Sascha Feldenbach zur Brust nehmen. Er hat es noch immer nicht für nötig gehalten, mich zurückzurufen, obwohl ich ihm bereits mehrere Nachrichten hinterlassen habe.

Ich höre Autotüren klappen. Mara ist wieder zurück.

Genau wie bei ihrer Abfahrt schaffe ich es auch nicht, sie nach ihrer Ankunft abzupassen. Sie ist einfach zu schnell für mich oder ich bin zu langsam für sie. Vermutlich trifft Letzteres zu.

Ich gehe hinaus auf die Terrasse und belausche die drei Strohwitwerinnen.

»Hat es geklappt? Hast du sie noch erwischt?«, will Tori wissen.

»Nein, als ich am Jachthafen angekommen bin, hatte die Melody schon abgelegt. Ich habe versucht, die Männer telefonisch zu erreichen, aber leider ohne Erfolg. Sie haben ihre Handys ausgestellt.«

Aha, darum ging es gestern Abend in dem konspirativen Gespräch zwischen Alex und Konstantin. Die Männer haben sich abgeseilt.

»Sie werden auf See bestimmt gar keinen Empfang haben. Hast du denn unseren Wagen gesehen?«

»Irina, warum soll ich euren Wagen suchen, wenn du gar keinen Schlüssel hast. Denk doch mal nach, bevor du deinen Mund aufmachst.«

»Da hörst du es, Tori. Was habe ich dir gesagt? Sie macht es schon wieder«, beschwert sich Irina.

Tori spricht ein Machtwort. »Schluss! Aus! Hört sofort auf! Euer Gezanke ist ja nicht zu ertragen! Ihr benehmt euch kindischer als meine kleinen Patienten.«

Für einen Moment herrscht Stille. Aber nur für einen sehr kurzen Moment, denn Mara meldet sich zu Wort. »Was ist nun, willst du mit nach Hamburg? Oder willst du hierbleiben?«

Tori appelliert an die Vernunft der beiden Kampfhennen. »Es wird niemand abreisen. Wenn unsere Männer sich zu dritt eine schöne Zeit machen können, dann wird es für uns doch wohl auch möglich sein. Wir haben Urlaub, Mädels. Lasst uns endlich anfangen, die Zeit zu genießen, anstatt diesen Zickenkrieg fortzusetzen. Mara ist nicht sexuell frustriert und Irina ist nicht dumm. Sie ist eine tolle Mutter von fünf wunderbaren Kindern. Können wir uns darauf verständigen?«

Nun bin ich aber auf die Reaktion der beiden gespannt. Mit gespitzten Ohren erwarte ich ihre Antworten.

»Von mir aus. Ich bin nicht nachtragend«, erklärt Mara wenig begeistert.

Mit Verzögerung stimmt auch Irina zu. »Schwamm drüber.«

Tori hat es drauf. Sie ist eine begnadete Streitschlichterin. Ob sie bei Marlies und mir auch Erfolg hätte, möchte ich jedoch bezweifeln. Meine ehemals beste Freundin hat bis zum Sankt-Nimmerleins-Tag bei mir verspielt.

Angebrannt

Tori

Seit zwei Stunden herrscht nicht nur Waffenstillstand zwischen Mara und Irina, es herrscht auch eine himmlische Ruhe. Wir sitzen friedlich auf dem Balkon und lesen. Irina legt ihr Buch zur Seite und lässt uns wissen, dass sie Hunger verspürt.

»Wie sieht es bei euch aus? Habt ihr auch Appetit? Ich wäre bereit, fürs Essen zu sorgen. Was haltet ihr von Pellkartoffeln und Sahnehering?«

»Klingt super. Dafür haben wir sogar alles im Haus«, antworte ich. Prompt erhebt Irina sich und geht in die Küche.

Sie ist gerade aus unserem Blickwinkel verschwunden, als Mara sich vorbeugt und mir leise zuflüstert: »Du weißt schon, dass sie uns gerade übel ausgetrickst hat. Wenn Irina heute freiwillig kocht, dann nur, weil sie nur Kartoffeln aufsetzen und den Deckel der Fischverpackung öffnen muss. Das ist kein Kochen.«

Irgendwo klingelt ein Handy. Meins ist es nicht.

Kurz darauf hören wir Irina laut schreien. »Seit wann? Und dann meldet ihr euch erst jetzt? Schöne Aufpasser seid ihr«, schimpft sie.

Ich vermute, dass Irina mit ihrem Schwiegervater spricht. Wie all die Jahre zuvor passen Thomas' Eltern auf die Kinder auf, wenn wir auf Reisen sind.

Mara und ich wollen wissen, was passiert ist, und gehen zu ihr. Irina hat bereits aufgelegt. Sie ist kreidebleich und der Schreck steht ihr ins Gesicht geschrieben. Mit zittrigen Fingern tippt sie in ihr Handy. »Natürlich nur die Mailbox.«

»Geht es um Laura?«, frage ich und sie nickt.

»Obwohl ich es ihr ausdrücklich verboten habe, hat sie sich einfach aus dem Staub gemacht. Den Großeltern hat sie einen Zettel hinterlassen, auf dem steht, dass sie sich keine Sorgen machen sollen. Ich werde jetzt die Polizei verständigen.«

Mara versteht die ganze Aufregung nicht. »Meine Güte, du tust ja gerade so, als sei Laura noch ein Vorschulkind. Sie ist siebzehn. Tori und ich waren im gleichen Alter, als wir damals mit der Clique quer durchs Land gezogen sind.«

Mara irrt sich. In dem Sommer, als wir uns kennenlernten, war ich neunzehn und hatte gerade mein Abitur bestanden. Damals wurde ich noch von allen Vicky gerufen. Ich war lebenshungrig, bis über beide Ohren verliebt und bereit, mich mit Sascha in ein großes Abenteuer zu stürzen. Zusammen wollten wir nach Paris, um als Straßenmusiker in den Metrostationen aufzutreten. In einem notwendigen Auswahlverfahren hatten wir uns bereits für dieses Vorhaben qualifiziert.

Irina holt mich in die Gegenwart zurück. »Tori, nun sag doch mal was. Findest du auch, dass ich übertreibe?«

»Du musst ja nicht gleich harte Geschütze auffahren. Bevor du die Polizei alarmierst, könntest du erst ihre Freunde anrufen.«

»Die kann was erleben«, flucht Irina und durchsucht die Kontaktliste ihres Telefons.

So geladen, wie sie gerade ist, sollten Mutter und Tochter jetzt nicht miteinander reden.

»Warum wartest du nicht einen Moment und kommst erst mal runter? Versteh mich nicht falsch. Das, was Laura sich geleistet hat, ist gewiss nicht in Ordnung. Dennoch, sie hat mehrfach versucht, mit dir zu sprechen, und du hast sie nicht zurückgerufen.« Ich überlege und versuche, mich an den genauen Wortlaut zu erinnern. »Sie sagte: *Richte meiner Mutter aus, dass sie aufgeflogen ist.* Was hat sie damit gemeint?«

»Das hat sie gesagt?« Irina wird zunehmend nervöser. »Das kann nur eins bedeuten. Sie hat herausgefunden, dass Thomas nicht ihr leiblicher Vater ist. Das ist eine Katastrophe. Hoffentlich macht sie jetzt keine Dummheiten.«

Mara schüttelt den Kopf. »Es war doch nur eine Frage der Zeit, wann dir die Wahrheit um die Ohren fliegt. Du hättest es ihr schon viel früher sagen müssen.«

»Das sagt sich so leicht. Es hat nie einen geeigneten Zeitpunkt gegeben.«

»Den gab es bestimmt. Du warst nur zu feige.«

»Genau, Mara. Du musst es ja wissen. Schließlich bist du ja Expertin, wenn es darum geht, immer offen und ehrlich zu sein.«

Mal wieder ist meine Rolle als Schlichterin gefragt. »Nicht schon wieder! Ich bitte euch! – Sagt mal, riecht ihr das auch?«

»Mist, das sind die Kartoffeln.« Irina eilt zum Herd. »Die sind komplett angebrannt … und der Topf ist auch hin«, wimmert sie.

»Scheiß auf den Topf. Wir kaufen einen neuen. Außerdem hatte ich ohnehin keinen Appetit auf Pellkartoffeln. Los, kommt, Mädels. Ich lade euch zum Essen ein«, bietet Mara an und greift nach ihrem Autoschlüssel.

»Du willst fahren? Aber wir passen doch gar nicht zu dritt in deinen Wagen«, merkt Irina richtig an.

Ich lasse ihr den Vortritt. Sie hat heute schon genug durchgemacht und soll sich nicht wie *das dritte Rad am Wagen* fühlen.

»Fahrt ihr beiden, ich komme zu Fuß nach.«

Bevor ich mich auf den Weg mache, kümmere ich mich um den Topf. Von wegen, der ist hin. Statt zu schrubben, fülle ich ihn bis zum Rand mit heißem Wasser und gebe eine Spültablette hinein. Den Rest wird die Zeit erledigen.

Ich stehe vor der Haustür und schließe gerade ab, als ein Auto vorfährt. Ohne dem Wagen weitere Beachtung zu schenken, verlasse ich das Grundstück.

Plötzlich tönt es »Vicky« hinter mir. Ich erstarre. Ohne mich umzudrehen, weiß ich, wer mich gerufen hat. Ich höre Schritte und es dauert nur wenige Sekunden, bis Sascha mich eingeholt hat und vor mir steht.

Sein Blick bereitet mir weiche Knie. Es dauert eine gefühlte Ewigkeit, bis ich fähig bin, einen Laut von mir zu geben. »Was machen Sie hier? Wieso sind Sie nicht an Bord der Melody? Ich dachte, Sie und …«

»Lass doch die alberne Siezerei. Hast du überhaupt eine Ahnung, wie lange ich auf diesen Moment gewartet habe?«

Ich spiele weiter die Ahnungslose. »Was wollen Sie von mir?«

»Da kommt dir keine Idee, Vicky?«

»Sie müssen mich mit jemandem verwechseln, und nun entschuldigen Sie mich bitte.«

Ich trete einen Schritt zur Seite, doch er greift nach meinem Arm und hält mich fest. »Bitte, lauf nicht wieder weg. Lass uns reden. Nach all den Jahren schuldest du mir eine Erklärung. Sag mir, warum!«

Ich wünsche mir, der Boden möge sich auftun, aber das tut er nicht. Mir bleibt keine andere Wahl, als ihm zu antworten.

»Glaub mir, dass ich es zutiefst bereue, aber ich flehe dich an, mich gehen zu lassen. Bitte zerstöre nicht mein Leben, das ich mir so mühsam aufgebaut habe.«

Es gibt einen Gott und er ist gnädig mit mir, denke ich, als ich sehe, dass Mara sich in ihrem Wagen nähert. Sie hupt und

Sascha lässt von mir ab.

»Dachte ich mir doch, dass du noch nicht weit gekommen bist«, ruft sie mir durch das geöffnete Fenster zu. Erst jetzt erkennt sie den Mann, der dicht neben mir steht. »Was machen Sie denn hier, Herr Feldenbach? Wieso sind Sie nicht mit unseren Männern auf Segeltour?«

»Das hat Frau Kampen mich auch gerade gefragt. Ich hatte das Boot nur für den gestrigen Abend gechartert.«

Mara zeigt sich erstaunt. »Gechartert? Dann ist die Melody gar nicht Ihre Segeljacht?«

»Es ist an der Zeit, einiges klarzustellen. Ich besitze weder ein Segelboot, noch bin ich Eigentümer dieses Strandhauses. Frau Kaufmann ist auch nicht meine Tante. Es tut mir leid, Sie angelogen zu haben, aber es musste sein.«

»Ich verstehe das nicht. Warum haben Sie das gemacht?«

Sascha atmet tief aus. »Fragen Sie Ihre Freundin. Sie kennt den Grund.«

Ich steige zu Mara in den Wagen. »Fahr los«, bitte ich sie und hoffe, dass sie mir keine Fragen stellt.

Doch meine Hoffnung erfüllt sich nicht. »Was hatte das zu bedeuten? Verstehst du das?«

»Nicht jetzt, Mara. Ich kann gerade keinen klaren Gedanken fassen.«

Fehlinterpretation

Trude

»Das wird aber auch Zeit, dass Sie sich sehen lassen. Haben Sie überhaupt eine Ahnung, in welch dumme Situation Sie mich mit Ihrer Flunkerei gebracht haben? Machen Sie endlich reinen Tisch, Herr Feldenbach!«

»Schon geschehen.«

»Und wie hat Tori es aufgenommen?«

Er zieht ein Gesicht. Seine Mimik lässt nur einen Schluss zu. Sein Vorhaben war ein Reinfall auf ganzer Linie. Das hätte ich ihm schon vorher sagen können.

»Sie ist nicht bereit, mit mir zu reden.«

»Dann lassen Sie es gut sein. Nach so vielen Jahren können Sie doch nicht ernsthaft erwarten, dass sie Sie mit offenen Armen empfängt. Die Frau ist mittlerweile verheiratet …«

»Und was ist mit unserem Kind? Habe ich denn nicht das Recht, es endlich kennenzulernen?«

Jemand klopft laut an die Fensterscheibe. Feldenbach und ich schrecken gleichzeitig auf.

Ich erhebe mich vom Stuhl und öffne die Tür. »Ja, bitte?«

»Guten Tag, ich bin Laura. Ich suche meine Eltern. Sie sollen hier mit ihren Freunden Urlaub machen.«

Ich betrachte den Teenager und frage mich, ob es sich um Toris und Saschas Tochter handelt. Das grenzt ja schon an Hexerei, denke ich. Gerade haben wir von dir gesprochen, möchte ich zu ihr sagen, aber ich frage vorsichtshalber nach.

»Wer ist denn deine Mutter? Mara, Irina oder Tori?«

»Das heißt, ich bin hier richtig. Meine Mutter ist Irina. Wo sind denn alle? Ich habe schon geklingelt, aber niemand macht auf.«

»Hat deine Mutter denn nicht gewusst, dass du kommst?«

»Nee, das sollte eine Überraschung sein.«

»Sie ist vor wenigen Minuten weggefahren. Ich habe keine Ahnung, wohin.« Ich biete der Kleinen an hereinzukommen und bei mir auf die Rückkehr der Frauen zu warten. Sie sieht aus, als könnte sie einen Tee vertragen.

»Ich würde Mama ja anrufen, aber der Akku von meinem Handy ist leer«, erklärt sie und legt ihr Telefon auf den Tisch. »Sie haben nicht zufällig ein passendes Ladekabel?«

Ich schaue auf das Gerät und verneine.

»Du kannst mein Smartphone benutzen«, bietet Herr Feldenbach an.

»Hab die Nummer nicht im Kopf«, erklärt sie schüchtern.

Ich bereite für alle Tee zu. »Wie bist du denn hergekommen?«, will ich wissen.

»Mit der Bahn bis Lübeck, dann weiter per Anhalter und den Rest bin ich zu Fuß gegangen.«

»Sag mal, Laura«, beginnt Feldenbach zögerlich. »Victoria Kampen ist doch eine enge Freundin deiner Eltern.«

»Ja, warum?«

»Dann kennst du doch bestimmt auch ihre Kinder.«

»Hä? Tori und Konstantin haben keine Kinder, genau wie Alex und Mara. Dafür sind wir zu Hause zu fünft. Ich habe noch zwei Schwestern und zwei Brüder.«

Feldenbach entgleisen die Gesichtszüge. »Bist du sicher?«, fragt er sichtlich erschüttert nach.

»Ganz sicher. Wieso stellen Sie so komische Fragen?«

»Ich habe eine alte Fotografie gesehen, auf der Frau Kampen mit einem kleinen Kind auf dem Arm zu sehen ist.«

»Das Kind war wohl meine jüngere Schwester. Tori ist ihre Patentante.«

»Ach so«, entgegnet er. Dann schaut er mich an. »Sie müssen mich für einen kompletten Trottel halten.«

Seine Enttäuschung entgeht mir nicht. Er tut mir aufrichtig leid. »Nein, Sie sind kein Trottel, Sie haben sich lediglich in eine Idee verrannt.«

»Das war's. Danke für den Tee und verzeihen Sie mir das Tohuwabohu, das Sie meinetwegen haben.«

»Nun, dafür wurde ich ja recht großzügig von Ihnen entlohnt.«

Späte Geständnisse

Tori

Irina verzichtet auf ihr berüchtigtes *Huhu* und winkt uns nur zu. Sie lässt uns wissen, dass sie einen Stand entdeckt hat, an dem es leckere Fischbrötchen zu akzeptablen Preisen zu kaufen gibt.

»Warum willst du im Stehen essen? Das ist doch völliger Quatsch. Wir suchen uns ein nettes Restaurant. Ich hab doch gesagt, dass ich zahle. Also keine Scheu, Mädels.«

Irina macht ein ernstes Gesicht. »Quatsch ist, dass ausgerechnet du uns einladen willst. Hör auf, die Grande Dame zu spielen, Mara. Ich bin im Bilde und Tori ist es sicherlich auch.«

Mara ist im Begriff, sich wieder aufzuplustern. Bevor das passiert, stimme ich Irina zu. »Was haltet ihr davon, einen Strandkorb zu nehmen? Dann können wir auch im Sitzen speisen.«

Mein Vorschlag wird einstimmig angenommen.

Zu dritt stehen wir vor der Fischbude und betrachten die Auswahl. Irina weiß schon, was sie will, und bestellt sich eins mit Matjes und eins mit Krabben. »Verkaufen Sie den Wein auch außer Haus?«, fragt sie den Verkäufer. »Dann hätte ich gern eine Flasche. Hätten Sie auch Becher?«

Auf der Suche nach einem freien Strandkorb stolzieren wir mit unserem Proviant durch den Sand. Wir einigen uns auf den weißen Korb mit der Nummer vierunddreißig.

Ich lege meine Jacke ab und breite sie auf dem Boden aus. »Setzt ihr euch hinein, mir macht es nichts aus, im Sand zu hocken«, biete ich den beiden an.

Während Irina genüsslich in ihr Fischbrötchen beißt, schenkt Mara den Wein ein. Zu meiner Überraschung lehnt Irina nicht ab.

»Du trinkst Alkohol?«

»Warum nicht?«

»Ich dachte, du bist wieder schwanger.«

»Wie kommst du denn auf die absurde Idee?«

»Na, dein Heißhunger auf Fisch hat sämtliche Alarmglocken bei mir läuten lassen.«

»Unsere Familienplanung ist längst abgeschlossen.« Irina zieht ihr Handy aus der Tasche. »Noch immer keine Nachricht von Laura. Und ausgerechnet heute kann ich Thomas nicht erreichen. Wo die Männer wohl gerade sind?«, fragt sie und schaut auf die See.

Mara runzelt die Stirn. »Mich interessiert nicht wo, sondern vielmehr die Frage, mit wem sie unterwegs sind. Mit Sascha Feldenbach auf jeden Fall nicht. Den haben Tori und ich nämlich gerade getroffen.«

»Aber unsere Männer können doch nicht ohne Skipper in See stechen. Keiner von ihnen hat einen Bootsführerschein«, ereifert sich Irina.

Mara schaut mich an und ich ahne schon, was jetzt kommt. Und richtig, sie fragt: »Willst du nicht endlich sagen, was die Bemerkung von Herrn Feldenbach zu bedeuten hatte? Wieso bietet er uns an, Urlaub in seinem Haus zu machen, wenn es ihm gar nicht gehört? Und was hast du damit zu tun?«

Irinas Neugierde ist größer als ihr Hunger. Sie legt das Brötchen zur Seite und fragt, wovon die Rede sei.

Ich hole tief Luft. »Herr Feldenbach ist kein Unbekannter.«

»Ihr kennt euch?«

»Sascha und ich waren mal zusammen.«

»Bevor oder während du mit Konstantin zusammen warst?«

»Mensch, Mara, natürlich bevor! Er war meine Jugendliebe. Reicht das als Antwort?«

Die beiden verlassen den Strandkorb und setzen sich zu mir in den Sand. Sie fordern mehr Details, als ich bereit bin, ihnen zu geben. Aber wer glaubt, ich könnte mich den hartnäckigen Fragen der beiden so einfach entziehen, der kennt sie schlecht.

»Wieso erfahren wir das erst jetzt? Hast du ihn denn nicht sofort wiedererkannt?«

Und ob ich das habe. »Ich wollte nicht mit ihm zusammentreffen. Deshalb bin ich mit Mara gestern von Bord gegangen.«

Irina gibt sich nicht mit meiner Antwort zufrieden. »Aber wenn eure Beziehung vor der Zeit mit Konstantin war, hättest du doch nicht flüchten müssen.«

Ich stehe auf und nehme die Flasche Wein von dem kleinen Holzklappbord, das in Strandkörben als Ablage dient, und schenke nur mir nach. »Konstantin hat damit gar nichts zu tun.«

»Sondern?«, fragen die beiden im Gleichklang.

Also gut. Warum soll ich länger schweigen? Es ist ja nur eine Frage der Zeit, wann alles herauskommt. Besser ich erzähle ihnen die Geschichte aus meiner Sicht, bevor sie sich von Herrn Feldenbach berichten lassen.

»Sascha und ich gingen schon länger als ein Jahr miteinander. Nach meinem Abi wollten wir gegen den Willen seiner Mutter nach Paris aufbrechen. Bis zum Beginn des Studiums hatten wir uns vorgenommen, durch die Stadt der Liebe zu tingeln und Straßenmusik zu machen. Sascha war ein ausgezeichneter Cellist und ist es wohl immer noch.«

»Wie romantisch. Er spielt Cello und du Querflöte. Ich kann euch bildlich vor mir sehen, wie ihr vor dem Eiffelturm musiziert«, schwärmt Irina.

»Aber so weit ist es nicht gekommen, denn vor unserer Abreise wurde ich schwanger.«

»Du hast ein Baby erwartet und er hat sich geschlichen?«, fragen beide aufgebracht.

»Falsch. Sascha hat sich gefreut. Obwohl wir beide so jung waren, wollte er das Kind.«

Mara unterbricht mich. »Aber du hast dich dagegen entschieden.«

Bevor ich weitersprechen kann, brauche ich dringend einen weiteren Schluck, denn meine Kehle ist staubtrocken.

Ich starre auf den Sand, in dem ich meine nackten Füße vergraben habe, und fahre zögerlich fort. »Kurz vor unserer Abreise hat Saschas Mutter mich um ein Treffen gebeten. Sie verbrachte gerade ihren Sommerurlaub hier bei Frau Kaufmann im Strandhaus. Naiv, wie ich war, folgte ich ihrer Einladung, ohne zu ahnen, welche Absicht sie verfolgte.«

»Dann war es seine Mutter, die dich zum Abbruch überredet hat?«

Ich schlucke. »Nein, Mara, sie hat mich nicht überredet, sie hat ihn gegen meinen Willen an mir vorgenommen. Ohne mein Wissen hat sie mir die Abtreibungspille verabreicht. Als die Blutungen einsetzten, wurde ich von ihr mit Narkotika ruhiggestellt und eingesperrt. All das passierte genau in dem Zimmer, in dem wir beide gestern Nacht geschlafen haben. Erst nach einer Woche ist mir die Flucht gelungen. Ich bin zum Strand gelaufen. Dort habe ich dich und die Jungs getroffen. Der Rest ist Geschichte.«

Beide starren mich völlig erschüttert an. »Wie konnte sie dir das nur antun? Und warum?«

»Wie? Das kann ich euch beantworten. Als Pharmareferentin verfügte sie über die notwendigen Medikamente. Warum? Vermutlich, weil sie befürchtet hat, Sascha würde mit einem Baby seine vielversprechende Zukunft ruinieren.«

»Und was hat er dazu gesagt?«, will Irina wissen.

»Ich habe ihn danach nie wiedergesehen.«

»Du hast seine Mutter doch wohl angezeigt.«

Ich schüttele stumm den Kopf.

»Versprecht ihr mir, es für euch zu behalten? Konstantin weiß nichts davon.«

Tränen laufen über mein Gesicht. Ich kann sie nicht wegwischen, denn vier tröstende Arme umfassen mich liebevoll.

»Keine Sorge, Tori, dein Geheimnis ist bei mir bestens aufgehoben«, versichert Irina.

Auch Mara verspricht, kein Wort zu sagen. Sie schärft ihren Blick. »Ich glaub, der Typ mit dem Elbsegler auf dem Kopf, der gerade auf uns zusteuert, ist der Strandkorbvermieter. Wollen wir dem Typ wirklich für den kurzen Moment Geld in den Rachen werfen? Ihr wisst doch, wie schlecht es momentan um meine Finanzen bestellt ist.«

Irina packt in Windeseile unseren Müll zusammen und ruft: »Los, lasst uns abhauen.«

Nach einem Fünfzigmetersprint schütteln wir ihn erfolgreich ab.

Laut kichernd haken sich die beiden bei mir unter. Wir beschließen, den Wagen im Ort stehen zu lassen und zu Fuß zurückzugehen. Spaziergänger, die uns entgegenkommen, gewinnen den Eindruck, dass wir drei die allerbesten Freundinnen sind. Und sie haben recht.

Ein Recht auf die Wahrheit

Trude

Ich habe nicht mitgezählt, wie oft Laura auf die Uhr gesehen hat. Nach einer Stunde wird sie ungeduldig und fragt, wo ihre Eltern denn nur bleiben.

»Dein Vater wird gar nicht kommen. Er und die beiden anderen Männer unternehmen einen Segeltörn.«

»Sagen Sie nicht *Vater*, denn das ist Thomas nicht, wie ich seit gestern weiß.«

Aha, da drückt der Schuh. Ich dachte mir doch gleich, dass der Kleinen etwas auf dem Herzen liegt. Die Frage, ob sie darüber sprechen möchte, kann ich mir sparen. Sie spricht bereits frei von der Leber weg über ihre Entdeckung.

»Eigentlich wollte ich nur meinen Reisepass suchen, aber dann habe ich zwischen den Papieren eine Adoptionsurkunde gefunden. Meine Eltern haben mich jahrelang belogen. Ich bin nicht Thomas' Tochter, und meine Geschwister sind nur meine Halbgeschwister.«

»Haben sie dich belogen oder haben sie es dir nur verschwiegen? Das ist ein Unterschied.«

»Das ist doch völlig egal. Sie haben mich in dem Glauben gelassen, Thomas sei mein Vater.«

»Das ist er wohl auch, wenn du bei ihm groß geworden bist. Wenn du bis gestern der felsenfesten Meinung warst, dass Thomas dein leiblicher Vater ist, dann kann es an seiner Liebe zu dir wohl nicht gemangelt haben.«

»Trotzdem will ich wissen, wer mein Erzeuger ist. Ich habe ein Recht darauf, es zu erfahren.«

»Dann frag deine Mutter. Sie kommt gerade mit ihren Freundinnen durch den Garten.«

Laura rennt nach draußen. Ich beobachte das anstehende Spektakel durch das Küchenfenster.

Als Irina ihre Tochter erkennt, läuft sie auf sie zu. Sie fragt nicht nach dem Wie und Warum ihres plötzlichen Auftauchens, sondern nimmt sie fest in die Arme.

»Als Opa angerufen und mir gesagt hat, dass du abgehauen bist, war ich erst stinksauer auf dich, aber jetzt bin ich nur erleichtert, dass dir nichts zugestoßen ist. Was machst du nur für Sachen, Laura?«

»Wir müssen reden, Mama.«

»Ja, Schatz, aber nicht hier draußen. Komm mit nach oben, da sind wir ungestört.«

Für Klarheit sorgen

Tori

Ich gebe Irina den Haustürschlüssel und signalisiere Mara, dass wir Mutter und Tochter für einen Moment allein lassen sollten.

Wir lehnen uns gemütlich an die Natursteinmauer und genießen die letzten Sonnenstrahlen des Tages, als sie mich noch einmal auf die Vorkommnisse des besagten Sommers anspricht.

»Ich dachte immer, du könntest keine Kinder bekommen. Dann liegt es also doch an Konstantin.«

Mara erwischt mich eiskalt mit ihrer Frage. Nun leg doch nicht den Finger in die Wunde, möchte ich antworten, doch so weit kommt es gar nicht, denn Frau Kaufmann kommt aus der Tür und ruft nach uns.

»Ich hab hier was für Sie.« Erst auf den zweiten Blick erkenne ich, dass sie ein Handy in der Hand hält. Sie überreicht es Mara mit den Worten: »Ich glaube, das gehört Ihrem Mann.«

Mara nickt und bedankt sich.

»Haben Sie den heutigen Tag genossen?«, will Frau Kaufmann wissen. Weil Mara mit Alex' Telefon beschäftigt ist, antworte ich ihr.

»Das war kein Kunststück bei diesem herrlichen Sonnenschein.«

»Dann sollten Sie das gute Wetter in vollen Zügen auskosten, denn es bleibt nicht mehr lange so schön. Schon bald bekommen wir Regen und Sturm.«

»Sagt der Wetterbericht?«

»Nein«, lacht sie. »Das sagen mir meine morschen Knochen, die sind zuverlässiger als der Deutsche Wetterdienst.«

Mara hält sich das Handy ans Ohr. »Hallo, mit wem spreche ich, bitte?«, fragt sie und entfernt sich.

Allein mit mir setzt Frau Kaufmann die Unterhaltung fort. »Ist es Ihnen aufgefallen? Seit Ihrem letzten Besuch hat sich hier einiges verändert. Ich habe die Hauptwohnung nach und nach renovieren lassen. Das Dach ist auch komplett neu.«

Ich zucke vor Schreck zusammen. »Sie erinnern sich an mich?« Natürlich tut sie das. Sie wird wohl kaum vergessen haben, dass jemand während meiner Anwesenheit in ihrem Haus zu Tode gekommen ist.

»Nicht wirklich. Wenn Herr Feldenbach es mir nicht gesagt hätte, dann wüsste ich gar nicht, wer Sie sind. Im Laufe der Jahre haben so viele Leute bei mir gewohnt, da kann ich mir nicht jeden Namen und jedes Gesicht merken.«

Sollte es stimmen, was sie sagt, dann habe ich mehr Glück als Verstand.

»Selbst Herrn Feldenbach habe ich erst auf den zweiten Blick erkannt. Dabei sollte ich eigentlich wissen, wer er ist. Schließlich hat er seine Mutter die letzten Jahre hergefahren und sie wieder abgeholt.«

»Er hat was?«

»Ich spreche von seiner Mutter. Frau Ingeborg Feldenbach war doch seit vielen Jahren Stammgast bei mir. Wussten Sie das nicht?«

Das ist eine Falle. Die Alte will mich austricksen. Ich sage jetzt nichts mehr, sondern schüttele nur noch stumm den Kopf.

»Bei ihrem letzten Besuch war sie schon vom Krebs gezeichnet und wir wussten beide, dass sie es nicht schaffen wird, noch einmal wiederzukommen. Und so war es dann ja auch. Dieser Scheiß-Krebs. Wenn Sie wüssten, wie viele liebe Menschen ich schon an diese schreckliche Krankheit verloren habe.«

Saschas Mutter soll einem Krebsleiden erlegen sein? Nun will ich es doch wissen. »Wann war denn ihr letzter Aufenthalt bei Ihnen?«

»Sie war über die Ostertage hier. Am Pfingstsonntag hat sie den Kampf verloren.«

Das kann doch nicht sein. Gleich verliere ich den Verstand. »Sagen Sie mir gerade, dass Frau Feldenbach erst in diesem Jahr verstorben ist?«

»Erst? Ich finde *schon* trifft es eher. Sie war noch keine sechzig. In dem Alter sollte man noch nicht sterben, da sollte das Leben erst richtig losgehen.«

Ich könnte Frau Kaufmann spontan um den Hals fallen. Sie hat ja gar keine Ahnung, was diese Worte für mich bedeuten.

Fünfzehn lange Jahre habe ich in dem Bewusstsein gelebt, ein Menschenleben auf dem Gewissen zu haben. Mindestens tausendmal bin ich seither nachts von Albträumen geplagt schweißgebadet aufgewacht. Ich kann nicht zählen, wie oft ich kurz davor war, mich zu stellen. Aber letztendlich fehlte mir der Mut.

Mara kommt um die Ecke. Sie grinst über das ganze Gesicht. »Ich hatte gerade ein sehr interessantes Gespräch.«

»Das hatte ich auch.«

»Ich habe Alex' Tussi gesteckt, dass sie sich mit einem Pleitegeier eingelassen hat. Zwar hat sie die Ahnungslose gespielt und alles abgestritten, aber dank mir weiß sie nun Bescheid. Mein Gatte wird sich wohl oder übel auch eine Linda zulegen müssen, denn das Verhältnis mit seiner jungen Gespielin hat sich gerade erledigt.«

Frau Kaufmann zeigt sich interessiert. »Was ist eine Linda?«

»Das wollen Sie nicht wissen, Trude«, antwortet Mara und lacht aus voller Brust. Sie deutet zum Haus und fragt, ob die Luft wohl schon rein sei.

Zu dritt treten wir unter den Balkon und spitzen die Ohren. Oben geht die Post ab. Der Streit zwischen Mutter und Tochter droht zu eskalieren.

Mara und ich eilen hinauf.

Laura lässt jeglichen Respekt beiseite und beschimpft ihre Mutter in einer Ausdrucksweise, dass uns die Ohren schlackern. Irina sitzt am Tisch. Sie hat die Hände vors Gesicht geschlagen und weint bitterlich.

»Zügele deine Worte, junge Dame«, herrscht Mara den aufgebrachten Teenager an.

Aber Laura lässt sich nicht einschüchtern. »Wie würdest du denn eine Frau nennen, die sich von einem Wildfremden besteigen lässt, von dem sie noch nicht einmal den Namen kennt?«

Was hat Irina jetzt schon wieder verzapft? Weshalb tischt sie Laura die Geschichte eines One-Night-Stands auf? Warum sagt sie ihr nicht endlich die Wahrheit?

Ich ziehe Mara zur Seite. Leise flüstere ich ihr zu, dass wir die beiden schnellstens trennen müssen.

Sie kapiert sofort. »Du kommst jetzt mit mir, Laura! Wir gehen in den Ort und holen meinen Wagen. Nach deinem Auftritt brauche ich dringend eine Zigarette zur Beruhigung.«

Obwohl ich nicht damit gerechnet hätte, stimmt sie widerspruchslos zu. Ich warte, bis die beiden die Wohnung verlassen, dann nehme ich mir Irina zur Brust.

»Was hast du ihr denn bloß erzählt?«

»Ich habe gesagt, dass er nur ein kurzer Urlaubsflirt war und ich weder weiß, wie sein Nachname lautet, noch, wo er wohnt.«

»Warum? Heute ergibt sich die einmalige Chance, offen und ehrlich mit deiner Tochter zu sprechen, und du vermasselst es, indem du ihr faustdicke Lügen auftischst.«

»Verstehst du denn nicht? Sie will ihn kennenlernen.«

»Natürlich will sie das. Du solltest sie dabei tatkräftig unterstützen und nicht boykottieren.«

»Er ist ein absoluter Scheißkerl, eine ganz miese Ratte. Ich kann nicht zulassen, dass Laura ihn trifft. Sie wird sich schämen, von so einer Kreatur abzustammen. Davor muss ich sie mit allen Mitteln bewahren, selbst auf die Gefahr, dass sie mich dafür hasst.«

Ich reiche Irina ein Taschentuch. »Der wahre Grund ist doch wohl ein anderer. Du bist es, die sich schämt, weil du dich auf ihn eingelassen hast. Hab ich recht?«

Sie nickt. »Er ist ein Schläger und Trinker der übelsten Sorte. Wie soll ich meiner Tochter klarmachen, dass ich auf so einen Mann reingefallen bin? Was für ein Vorbild gebe ich damit ab? Als Mutter achte ich penibel auf den Umgang meiner Töchter und predige ihnen, dass eine Frau sich dreimal überlegen soll, mit wem sie sich einlässt. Wenn ich Laura die Wahrheit sage, müssen meine Worte doch wie Hohn für sie klingen.«

»Du hast Angst, dass sie den gleichen Fehler begeht wie du. Das kann ich nachvollziehen. Aber mit deiner Lüge hast du gerade das Gegenteil bewirkt. Im Übrigen sind deine Befürchtungen völlig unbegründet. Du bist ihr ein prima Vorbild, denn du hast bewiesen, dass frau ihr Leben jederzeit selbst in die Hand nehmen kann. Ohne Unterstützung von außen hast du die ersten zwei Jahre ganz allein für sie gesorgt. Vermutlich weißt du gar nicht, wie sehr ich dich für deinen Mut und deine Kraft bewundert habe.«

»Du hast mich bewundert?«

»Das tue ich noch immer. Wie du es schaffst, deine Familie zu managen, fordert meinen ganzen Respekt.«

Schniefend erhebt sich Irina vom Stuhl und kommt auf mich zu. Sie streckt die Arme nach mir aus und umklammert mich. »Danke, Tori. Es bedeutet mir sehr viel, das aus deinem Mund zu hören.«

Was gute Freundinnen tun

Trude

Ich stehe mit dem Rücken zur Tür und bin gerade dabei, mein Abendessen vorzubereiten, als ich Schritte hinter mir wahrnehme. Unaufgeregt drehe ich mich um, denn ich gehe davon aus, dass es Laura ist, die beim Anblick ihrer Mutter sofort hinausgelaufen war, ohne ihren Rucksack mitzunehmen. Doch es ist nicht Irinas Tochter, die vor mir steht. Ich blicke in die leuchtenden Augen meines Enkelsohnes.

»Marius, was für eine schöne Überraschung. Warum hast du nicht angerufen? Wenn ich gewusst hätte, dass du kommst, dann hätte ich doch etwas Leckeres für dich gekocht. Hast du Hunger, mein Junge?«

Mein hochgewachsener Enkel beugt sich zu mir hinunter und drückt mir ein Küsschen auf die Wange. »Ich bin nicht zum Essen gekommen, Trude. Wir müssen dringend miteinander reden. Was hast du nur angestellt? Mama ist fuchsteufelswild.«

»Was soll ich denn angestellt haben?«

»Stimmt es, dass du das Haus verkauft hast?«

Daher weht der Wind. Das Gerücht hat sich binnen eines

Tages bis nach Kiel verbreitet. Na, warte, Marlies. Das hat ein Nachspiel!

»Da hat deine Mutter etwas in den falschen Hals bekommen. Sie sollte wissen, dass ich das Haus niemals verkaufen würde.«

»Weil es deine Altersversorgung ist?«

»Genau, und nun bitte Themawechsel. Erzähl mir lieber …«

»Nein, Trude, wir bleiben beim Thema. Stimmt es, was Mama sagt? Du beziehst kaum Rente? Wie kann das sein? Du hast doch immer gearbeitet.«

Ich stöhne laut auf, denn ich will nicht darüber sprechen. Die Tatsache, dass ich vor zwanzig Jahren meine private Rentenversicherung gekündigt und mir den Rückkaufswert habe auszahlen lassen, hat schon zum Zerwürfnis mit meiner Tochter geführt. Ich will nicht, dass auch Marius mir jetzt Vorhaltungen macht. Ich hatte meine Gründe, und es waren triftige Gründe.

»Richte deiner Mutter aus, sie soll nicht über mich, sondern mit mir sprechen, wenn sie Fragen hat.«

»Och, Oma. Könnt ihr euer Kriegsbeil nicht endlich begraben? Ich bin es leid, ständig den Boten zu spielen.«

»So einfach ist das nicht, Marius.«

»Doch, es ist ganz einfach. Es muss nur einer von euch über seinen Schatten springen. Warum seid ihr Kaufmann-Frauen nur so verbohrt?«

»Den Sturkopf hat deine Mutter nicht von mir, sondern von Opa Bertram geerbt.«

»Ich merke schon, es hat keinen Sinn, mit dir zu reden.«

Enttäuscht stelle ich fest, dass er sich schon wieder verabschiedet. »Das war aber ein sehr kurzer Besuch«, beschwere ich mich.

Ich begleite ihn zu seinem Wagen. Nach einer herzlichen Umarmung steigt er ein und fährt ab. Bis er hinter der Biegung verschwindet, winke ich ihm nach. Danach gehe ich schnellen Schrittes zurück in die Küche, öffne den Schrank und hole die Flasche Calvados hervor.

Ich hebe das Glas und proste Jean-Maurice in Gedanken zu. »Lass uns auf Annette trinken, die mal wieder einen Groll gegen mich hegt. Meine Tochter wird wohl erst zur Vernunft kommen, wenn ich unter der Erde liege.«

Gerade überlege ich, ob ich mir nachschenken soll, als zwei Köpfe vor dem Fenster erscheinen. Es sind Mara und Laura.

»Entschuldigung, dass ich noch einmal störe. Aber ich habe vorhin meinen Rucksack bei Ihnen stehen lassen.«

Ich reiche ihr ihn durch die Tür. »Meine Güte, ist der schwer. Was hast du denn da drin? Steine?«

Sie grinst und schüttelt den Kopf.

Allein verlässt sie den Garten, während Mara an der Mauer steht und sich eine Zigarette ansteckt.

»Die habe ich mir redlich verdient«, erklärt sie. »Ich musste Laura gerade eine Standpauke halten. Das war bitter nötig.«

»Offensichtlich waren Sie erfolgreich. Die Kleine konnte sich sogar zu einem kurzen Lächeln durchringen.«

»Als gute Freundin ihrer Mutter ist es meine Pflicht, dem Mädchen den Kopf zurechtzurücken.«

»Ja, das tun gute Freundinnen gewöhnlich«, antworte ich mit einem spitzen Unterton. Meine Wut auf Marlies wächst ins Unermessliche. Ich werde sofort zu ihr fahren und ihr die Meinung geigen. Andernfalls laufe ich Gefahr zu platzen.

Ich staune nicht schlecht, als ich auf der Suche nach einem Parkplatz Marius' Wagen entdecke. Was macht er denn hier? Wieso hat er Zeit, Marlies zu besuchen? Ich dachte, er hätte es so eilig.

In gebückter Haltung schleiche ich an der hohen Buchenhecke vorbei. Durch eine Lücke im Geäst luge ich auf die Terrasse der linken Erdgeschosswohnung, die Marlies seit dem Tod ihres Mannes allein bewohnt. Mich trifft fast der Schlag, als ich sehe, wer neben ihr sitzt. Nicht nur Marius, sondern auch Annette leisten dieser Tratschtante Gesellschaft. Bei Tee und belegten Broten unterhalten sie sich angeregt. Natürlich geht es um mich.

»Ihr solltet euch endlich aussöhnen. Denk doch mal an Trudes Alter. Sie ist nicht mehr die Jüngste«, tönt Marlies, die übrigens genauso alt ist wie ich.

»Nicht, solange sie noch immer Kontakt zu diesem Franzosen unterhält«, giftet Annette.

Dieser Franzose hat einen Namen, möchte ich meiner Tochter zurufen, aber ich ziehe es vor, unentdeckt zu bleiben.

»Dieser Kerl hat nur Unglück über unsere Familie gebracht. Er ist nicht nur dafür verantwortlich, dass mein Vater an gebrochenem Herzen gestorben ist, er ist auch schuld daran, dass sie ihre private Vorsorge aufgelöst hat und nur eine kleine Rente bezieht, von der sie weder leben noch sterben kann. Ich hasse diesen Bastard.«

Es verletzt mich zutiefst, anhören zu müssen, wie abfällig sie über Jean-Maurice spricht. Zudem stimmt es nicht, was sie behauptet. Er war nicht schuld. Er war nur der Grund, aber es ist sinnlos, ihr das zu erklären. Ihr klarzumachen, dass ich gar nicht anders konnte, als so zu handeln, habe ich schon vor Jahrzehnten aufgegeben.

Gerade beschließe ich, mir das nicht länger anzuhören, als Marlies sagt: »Du tust mir schrecklich leid, Annette. Trude hat ganz recht. Du trägst keine Liebe in dir.«

Was redet sie denn? So etwas habe ich nie gesagt und so etwas würde ich niemals über meine Tochter sagen! Marlies hat meine Worte völlig verdreht. Das, was ich meiner ehemals besten Freundin einst anvertraut habe, war, dass Annette mir im Grunde genommen furchtbar leidtut, weil sie niemals so geliebt hat, wie es mir vergönnt ist, und sie mich deshalb nicht verstehen kann.

Annette empört sich, aber Marlies setzt noch einen drauf. »Deine Gedanken und dein Handeln sind ausschließlich von Egoismus und Hass bestimmt. Von wem hast du das nur? Von deinen Eltern sicherlich nicht. Bertram war ein gütiger und toleranter Mensch. Er wusste das Opfer zu schätzen, das Trude nicht zuletzt deinetwegen für die Familie gebracht hat.«

»Meine Mutter hat sich geopfert? Das wird ja immer schöner.«

»Etwa nicht? Du bist gerade in die Schule gekommen, als Trude und Jean-Maurice sich kennenlernten. Obwohl sie sich Hals über Kopf ineinander verliebten, haben sie ihre Gefühle unterdrückt. Es wäre für deine Mutter undenkbar gewesen, dich zu verlassen. Dich mitzunehmen und dich deinem Vater zu entziehen, war nie eine Option für sie. Deine Mutter wollte für dich eine unbeschwerte Kindheit, und die hattest du.«

Annette zeigt sich von ihrer sarkastischen Seite. »Vermutlich sollte ich ihr noch dankbar sein.«

»Nicht vermutlich, sondern auf jeden Fall. Es war nämlich keine Selbstverständlichkeit, dass sie deinen Sohn aufgezogen hat, damit du studieren und Karriere machen konntest. Als Marius aus dem Gröbsten raus war, wäre ein guter Zeitpunkt für Trude gewesen zu gehen, aber dann erkrankte dein Vater, den sie hingebungsvoll bis zum letzten Atemzug gepflegt hat.«

Meine Tochter lenkt ein. »Ja, das stimmt wohl.« Doch ihr tiefsitzender Groll überwiegt. »Aber sie hat uns immer spüren lassen, dass nicht wir, sondern dieser Kerl ihre große Liebe ist.«

Marlies kneift die Augen zusammen. Gleich darauf fangen ihre Nasenflügel an zu beben. Das ist ein eindeutiges Zeichen dafür, dass sie kurz davorsteht, einen ihrer gefürchteten Anfälle zu bekommen. Und richtig. Sie wird laut.

»Deine Mutter hat auf ihr persönliches Glück verzichtet.

Warum hat sie das wohl gemacht? Aus Liebe zu dir und aus Achtung vor Bertram. Wage es nicht noch einmal, ein schlechtes Wort über sie zu verlieren, denn dann lernst du mich kennen! Besser, du lässt dich jetzt von deinem Sohn nach Hause fahren, du undankbares Ding! Denk über meine Worte nach und komm erst wieder, wenn du zur Vernunft gekommen bist.«

Marlies ist es gelungen, mein Leben in nur wenigen Sätzen zu skizzieren. Ein Leben voller verpasster Chancen.

Annette versteht den Rausschmiss. Sie und Marius erheben sich und verlassen die Terrasse.

Ich verstecke mich hinter einem Kleintransporter und warte so lange, bis sie abfahren. Dann stürze ich durch die Grünanlage hinauf zu Marlies' Sitzgruppe.

»Was war hier los? Du hast so laut gebrüllt, dass man es bis zur Straße hören konnte.«

»Ich habe mir erlaubt, deiner Tochter den Marsch zu blasen. Als deiner ältesten und langjährigsten Weggefährtin steht es mir doch wohl zu? Oder sind wir keine besten Freundinnen mehr? Du bist immer noch sauer auf mich, oder?«

Ich bin nicht sauer, sondern zutiefst gerührt, dass Marlies sich so für mich ins Zeug gelegt hat. Wie kann ich ihr nach diesem Plädoyer noch böse sein?

»Komm her, du alte Plaudertasche. Ja, wir sind und bleiben beste Freundinnen. Außerdem sind wir beide viel zu alt, um nach einer neuen Ausschau zu halten.«

Nokia 6610

Tori

Irina hat sich meine Worte zu Herzen genommen. Zögerlich rückt sie Stück für Stück mit der Wahrheit heraus. Laura, die darauf besteht, mehr Details zu erfahren, scheint zu missfallen, was ihre Mutter ihr erzählt. So wie die meisten Kinder, die erst im Nachhinein von ihrer wahren Abstammung erfahren, reagiert Laura auch. Sie ist enttäuscht. Das Bild, das sie sich von ihrem leiblichen Vater gemacht hat, stimmt mit der Beschreibung ihrer Mutter nicht überein. Wolfgang Schütte ist nicht der strahlende Prinz, von dem Laura im Geheimen geträumt hat.

»Sieht er wenigstens gut aus?«

»Damals fand ich ihn enorm attraktiv, sonst wäre es zwischen uns ja nie so weit gekommen.«

»Sehe ich ihm ähnlich?«

Irina schluckt. »Du hast seine Augen. Mehr aber auch nicht.«

Laura öffnet ihren Rucksack. Kurz darauf legt sie ihr Tablet auf den Tisch. Sie gibt vor, ihn auf Facebook suchen zu wollen.

»Ist er dabei?«, will sie kurz darauf wissen. Irina schaut ihr über die Schulter und schüttelt den Kopf.

»Versuch es unter *Wolle* Schütte. So hat er sich früher stets genannt.«

»Igitt, sag mir, dass dieser Honk nicht mein Vater ist.«

Lauras Entsetzen weckt auch meine Neugierde. Ich werfe einen Blick auf das Tablet und erkenne einen schmuddeligen Mittvierziger, der mit freiem Oberkörper vor einem aufgemotzten Opel posiert. In der einen Hand hält er eine Flasche Pils, die andere zeigt Daumen hoch. Seinem Bierbauch nach zu urteilen, ist Wolle nicht der Typ aktiver Sportler, sein Interesse scheint sich eher auf das Zuschauen vor dem Fernseher zu beschränken. Das, was sein breites Grinsen preisgibt, weckt in mir den Wunsch, ihm einen dringenden Besuch beim Zahnarzt zu empfehlen. Wie kann man nur so ein Bild von sich posten?

»Er wohnt in Gütersloh. Sein Beziehungsstatus lautet: verheiratet. Um mehr zu erfahren, müsste ich ihm eine Freundschaftsanfrage stellen. Soll ich, Mama?«

»Das ist ganz allein deine Entscheidung, Schatz.«

Wie Laura sich letztendlich entscheidet, weiß ich nicht. Ich schleiche schon minutenlang um Mara herum und überlege, ob ich sie ansprechen soll. Meine Entscheidung ist gefallen.

»Weißt du, wie ich Sascha Feldenbach telefonisch erreichen kann?«

Sie nickt. Ohne meine Frage zu kommentieren, schickt sie mir seine Nummer auf mein Handy. Aber ihr Blick spricht Bände. »Bau bloß keinen Mist, Tori.«

»Natürlich nicht. Ich will nur mit ihm reden.«

Um ungestört zu sein, gehe ich ins Schlafzimmer und setze mich auf die Bettkante. Noch weiß ich nicht, wie ich das Gespräch beginnen soll, ich wähle einfach.

Er meldet sich bereits nach dem zweiten Klingelton. »Feldenbach.«

Mein Herz pocht so heftig, dass ich den Pulsschlag im Hals spüre. »Ich bin's. Wenn du noch immer mit mir sprechen willst, dann …«

»Vicky … Natürlich will ich das. Wann und wo?«

»Morgen?«

»Warum nicht heute?«

Er hat recht. Besser, wir bringen es gleich hinter uns.

»Wollen wir uns am Marktplatz treffen?«

»Abgemacht. Bis gleich.«

Ich hätte Mara fragen können, ob ich ihren Wagen nehmen darf, aber ich ziehe es vor, zu Fuß zu gehen. Ohne den anderen Bescheid zu geben, schleiche ich mich aus dem Haus. Der Marsch an der frischen Luft verschafft mir die Möglichkeit, über das bevorstehende Treffen nachzudenken. Es gibt so viele Fragen, auf die ich gerne Antworten hätte, aber ich werde ihm nur eine stellen: Hast du gewusst, was deine Mutter vorhatte?

Der Marktplatz ist gut besucht. Vor der Eisdiele hat sich eine Schlange gebildet, auch die Tische vor dem Café sind ausnahmslos besetzt. Kein Wunder. Es ist schließlich Hochsaison und es herrscht schönstes Sommerwetter.

Ich halte Ausschau nach Sascha. Er steht vor dem Brunnen und beobachtet die Kinder, die barfuß und laut kreischend im flachen Wasser spielen. Kurz bevor ich ihn anspreche, schaut er auf die Uhr.

»Wartest du schon lange?«

»Fünfzehn Jahre. Das darf man wohl als lange bezeichnen«, erwidert er vorwurfsvoll. »Wollen wir irgendwo einkehren?«

Das halte ich für unnötig. Ich habe nicht vor, den Abend mit ihm zu verbringen. Mir geht es nur darum, die alles entscheidende Antwort zu bekommen, damit ich endlich mit der Vergangenheit abschließen kann.

»Lass uns ein Stück gehen«, schlage ich vor. »Irgendwohin,

wo nicht so viele Leute sind.«

Schweigend schlendern wir durch eine Seitengasse. Anders als ich gedacht habe, ist es gar nicht so einfach, nach all der Zeit ein zwangloses Gespräch zu beginnen. Ich bin es, die zuerst das Wort ergreift. »Warum hast du den Stegners gesagt, dass dir das Strandhaus gehört?«

Sascha runzelt die Stirn. »Es war die einzige Möglichkeit, dich zu treffen. Ich habe schon länger gewusst, dass du mit Alex und Mara Stegner befreundet bist. Auf ihren Rechnern befinden sich zahlreiche Urlaubsbilder, auf denen du zu sehen bist. Bei meinem letzten Besuch in ihrem Verlag wurde ich Ohrenzeuge eines Gesprächs zwischen den Eheleuten. Es ging um das Thema Urlaub. Alex wollte wie jedes Jahr mit euch verreisen. Mara war strikt dagegen. Angesichts der angespannten Lage im Verlag wollte sie auf gar keinen Fall in den Süden fahren. Da kam mir die Idee, ihnen *mein* Haus anzubieten.«

»Warum wolltest du mich nach all der Zeit wiedersehen?«

Meine Frage scheint ihn zu verwundern. »Es ist zwar schon eine Weile her, dennoch wirst du dich erinnern, dass du mich ohne eine Erklärung sitzen gelassen hast. Ich habe wie ein Depp tagelang in Paris auf dich gewartet.«

»Dann bist du wie geplant gefahren?«

Sascha zeigt sich erstaunt. »Alles klar bei dir, Vicky? Hast du Probleme mit deinem Gedächtnis?«

Soll das eine ernst gemeinte Frage sein? »Mit meinem Gedächtnis ist alles in bester Ordnung«, gebe ich leicht empört zurück.

Sascha kramt in der Innentasche seiner Jacke. »Das gehört dir«, sagt er und reicht mir ein Handy. Nicht irgendeins. Es ist mein altes Nokia 6610.

»Woher hast du das?«

»Meine Mutter ist im Mai verstorben. Ich habe es in ihrem Nachlass gefunden.«

Ich drücke auf den Knopf und wundere mich, dass sich das

Gerät nach all der Zeit sofort anstellt. »Das ist ja kaum zu glauben.«

»Ich habe erst einen neuen Akku und ein Ladekabel besorgen müssen, um es in Betrieb nehmen zu können. Als ich die Kurznachrichten gelesen habe, hat sich meine Vermutung bestätigt, dass es sich um dein Handy handelt.«

Kurznachrichten?

»Wie funktionierte das denn noch? Wo finde ich verschickte und empfangene SMS?«

Sascha nimmt mir das Gerät ab und zeigt es mir.

Ich lese:

Vicky an Sascha 06.07.2002

> *Hab noch hunderttausend Sachen zu erledigen. Bitte fahr ohne mich. Ich komme mit dem Zug nach. Melde dich, wenn du angekommen bist. Kuss*

Wenn ich eins mit Gewissheit sagen kann, dann das: »Diese Nachricht habe ich nicht geschrieben!«

Ich lese weiter.

Sascha an Vicky 07.07.2002

> *Mit der Akkreditierung hat es geklappt. Wir können vorerst bei Justine und Olivier wohnen. Wann kommst du? Du fehlst mir so. Kuss*

Sascha an Vicky 08.07.2002

> *Warum gehst du nicht ans Telefon? Bitte ruf mich an. Kuss Sascha*

Sascha an Vicky 09.07.2002

> *So langsam mach ich mir Sorgen. Wieso kann ich dich nicht erreichen? Was ist los? Bitte melde dich!*

Vicky an Sascha 10.07.2002

> *Es tut mir leid. Ich kann das nicht. Es war eine dumme Idee mit Paris. Werde glücklich, aber ohne mich. Bitte verzeih mir. Victoria*

»Victoria? Ich habe nie mit Victoria unterschrieben!«

»Ja, das hätte mich damals stutzig machen müssen. Aber ich war so geschockt.«

»Die Nachrichten stammen von deiner Mutter.«

»Das ist mir mittlerweile auch klar.«

Er bleibt stehen und greift nach meinen Händen. »Weißt du, dass ich euch ganze zwei Jahre gesucht habe? Niemand konnte mir sagen, wo du steckst.«

»Du hast *uns* gesucht?«

»Bis heute Mittag bin ich fest davon ausgegangen, dass du unser Kind bekommen hast und ich Vater eines Teenagers bin. Was ist passiert? Hast du es verloren oder wegmachen lassen?«

In meinem Hals bildet sich ein dicker Knoten. Ich bin nicht fähig, ihm jetzt zu erklären, was damals wirklich passiert ist. Selbst wenn ich könnte, er würde mir doch nicht glauben.

»Lief damals schon was zwischen dir und Konstantin Kampen? War er der Grund, weshalb du dich von mir getrennt und dich gegen das Kind entschieden hast? Bitte, mach endlich den Mund auf!«

»Mein Mann hatte damit gar nichts zu tun. Im Gegenteil.

Ihm habe ich zu verdanken, dass ich überhaupt weiterleben konnte.«

Sascha schüttelt verständnislos den Kopf. »Was habe ich falsch gemacht? Wir haben uns doch so geliebt! Du warst Feuer und Flamme für die Idee, bis zum Studium durch Paris zu tingeln. Wir beide hätten das doch mit dem Baby hinbekommen. Warum hast du deine Meinung geändert?«

»Ach, Sascha. Es ist so viel Zeit vergangen. Wir haben unseren Platz im Leben gefunden. Wollen wir wirklich alte Wunden aufreißen?«

»Sagst du mir gerade, dass du glücklich bist?«

»Du etwa nicht?«

»Dein Mann macht gerade eine fette Sause mit seinen Kumpels, statt den Urlaub mit dir zu verbringen. Und du willst mir weismachen, dass du eine glückliche Ehe führst?«

Trotzig antworte ich, dass ich glücklich und zufrieden bin.

»Ihr seid seit elf Jahren verheiratet und immer noch kinderlos. Erzähl mir doch nichts, Vicky. Ich kenne dich zu gut, um nicht zu merken, dass du mir gerade etwas vormachst.«

Ich hole tief Luft. »Mag sein, dass du Vicky gekannt hast. Aber die Frau von damals bin ich schon lange nicht mehr. Ich bin Tori, und von der hast du null Ahnung.«

»Dann gib mir die Gelegenheit, dich wieder neu kennenzulernen. Jetzt haben wir die Chance dazu. Lass uns die Zeit nutzen, um uns wieder näherzukommen.«

»Schlag dir das aus dem Kopf, Sascha. Ich bin verheiratet und möchte es bleiben. Wir hatten eine Vergangenheit, aber eine Zukunft wird es nicht für uns geben.«

»Denk in Ruhe darüber nach. Ich bin hier und warte geduldig, bis du dich meldest. Was das Warten angeht, verfüge ich über eine lange Erfahrung.«

»Das ist reine Zeitverschwendung. Ich bitte dich, mich in Ruhe zu lassen. Komm auch nicht mehr zum Strandhaus.«

»Du willst mich nicht wiedersehen? Noch nicht einmal als alten Freund?«

Wie von Geisterhand bewegt sich meine Hand in sein Gesicht. Ich streiche zärtlich über seine borstige Wange. »Wir können keine Freunde sein. Dafür ist zu viel passiert.«

Ich lasse ihn einfach stehen.

Die Strecke, für die ich auf dem Hinweg eine halbe Stunde gebraucht habe, schaffe ich zurück in nur zwanzig Minuten.

Engelmacherin

Trude

Nachdem Marlies und ich uns versöhnt haben, geht es mir wieder besser. Regelrecht erleichtert treffe ich zu Hause ein. Ich stelle die Flasche Schnaps, die noch immer auf dem Küchentisch steht, zurück in den Schrank und wünsche mir, jetzt mit Jean-Maurice sprechen zu können. Ich möchte nur kurz seine Stimme hören und ihm sagen, was bei mir los war. Aber das wäre gegen unsere Abmachung. Keine Telefonate.

Ich nehme mir vor, ihm zu schreiben. Das tue ich häufig, wenn die Sehnsucht überhandnimmt. Meist schicke ich die Briefe gar nicht ab, sondern bewahre sie bis zu seinem nächsten Besuch in einem Karton auf. Erst bei seiner Abreise überreiche ich ihm den dicken Stapel.

Ich sitze auf der Terrasse und habe gerade die Worte *Mein liebster Schatz* geschrieben, als sich die Tür über mir öffnet und ich Irina sagen höre: »Meinen Segen hast du, wenn du mir versprichst, nie wieder per Anhalter zu fahren. Und ich möchte, dass du dich einmal pro Tag bei mir meldest, damit ich weiß, dass es dir gut geht. Und Finger weg von Drogen!«

»Ja, ja, und wenn Sex … dann nur geschützten Sex. Alles

klar, Mama. Ich kenne deine Predigt in- und auswendig. Mittlerweile kann ich sie in drei Fremdsprachen übersetzen.«

Irina lacht und Laura juchzt vor Begeisterung. Sie ist im Reisefieber.

Ich muss schmunzeln. Na, da haben wohl außer mir heute noch zwei weitere Mädels ihr Kriegsbeil begraben.

»Und wie komme ich zum Bahnhof? Der Zug geht in einer halben Stunde. Das schaffe ich nie zu Fuß. Wenn ich nicht pünktlich bin, fahren sie womöglich noch ohne mich ab.«

»Frag doch Mara oder Tori. Eine der beiden wird dich sicherlich fahren.«

Kurz darauf vermeldet Laura, dass Tori gar nicht da ist und Mara gerade unter der Dusche steht. »Und nun?«

»Und nun rufen wir dir ein Taxi.«

Die Stimmen werden leiser. Mutter und Tochter sind hineingegangen.

»Ich komme noch mit runter und warte, bis das Taxi kommt«, bietet Irina an.

Endlich herrscht Ruhe, und ich kann mich auf meine Zeilen konzentrieren. Aber die Stille hält nicht lange an.

Das Taxi ist gerade abgefahren, da höre ich Irina sagen, dass sie ihren Entschluss bereits bitter bereut.

»Laura hat die Situation schamlos ausgenutzt. Ich hatte gar keine andere Wahl, als ihr zu erlauben, nun doch mit ihren Freunden zu verreisen.«

»Nun gönn ihr doch den Spaß, du alte Glucke«, spöttelt Mara. »Wo steckt eigentlich Tori?«

»Da kommt sie. Wieso ist sie so aus der Puste?«

»Wo warst du?«, will Mara von ihr wissen.

»Eine Runde joggen.«

»In den Schuhen? Verkauf uns nicht für dumm. Du hast dich mit ihm getroffen. Kurz nachdem ich dir seine Nummer gegeben habe, hast du dich verdrückt.«

Ich kann nicht hören, ob Tori ihren Freundinnen antwortet.

»Wie hat er reagiert?«

Hat es ihr die Sprache verschlagen, oder warum redet sie nicht? Mensch, Mädchen, ich will doch auch wissen, wie euer Treffen gelaufen ist. Nun spann mich doch nicht so auf die Folter und mach endlich den Mund auf.

Mein Wunsch wird erhört. »Er ist komplett ahnungslos. Bis heute war er der Ansicht, Vater unseres Kindes zu sein. Nur aus diesem Grund hat er dieses Wiedersehen eingefädelt. Seht nur, was er mir gegeben hat.«

»Was ist denn das für ein antiquiertes Teil?«, amüsiert sich Mara.

»Das ist mein altes Handy, und es funktioniert noch. Während ich diesem Miststück wehrlos ausgesetzt war, hat sie von meinem Telefon Kurznachrichten an Sascha geschickt. Lest selbst.«

»Das ist ja ungeheuerlich. Tori, du musst diese Frau zur Verantwortung ziehen. Ich überlege schon die ganze Zeit, welcher Straftat sie sich schuldig gemacht hat. Ich glaube zwar, dass man in diesem Fall nicht von Mord sprechen kann, weil es sich ja um ein Ungeborenes gehandelt hat, aber du kannst sie doch nicht so einfach damit durchkommen lassen. Du hättest dabei draufgehen können. Ist dir das gar nicht bewusst?«

»Vergiss es, Irina. Für Rache oder Wiedergutmachung ist es zu spät. Die Alte ist im Mai gestorben.«

Mara mischt sich ein. »Aber du musst Sascha sagen, was sie euch angetan hat. Es war doch auch sein Kind, das sie hier gegen deinen Willen abgetrieben hat.«

Ich lasse vor Schreck den Füllfederhalter fallen. Was hat Mara gerade behauptet? Frau Feldenbach hat ihr eigenes Enkelkind …? Ich bin mir sicher, dass Sascha keine Ahnung davon hat. Dass seine Mutter intrigiert hat, ist ihm nach dem Fund des Handys sofort klar geworden. Aber wie weit sie in ihrem Hass auf Victoria tatsächlich gegangen ist, dürfte ihn noch mehr erschüttern als mich. Ich hatte ja keine Ahnung und kann nicht fassen, dass sich solch ein Verbrechen in meinem eigenen Haus zugetragen hat. Aber jetzt weiß ich Bescheid und werde dafür sorgen, dass Sascha die ganze Wahrheit erfährt.

Wenn er nur endlich an sein Telefon gehen würde.

Sause ohne mich

Tori

Meine Freundinnen scheinen über die Kondition eines Marathonläufers zu verfügen. Anders kann ich mir ihren Elan nicht erklären. Selbst zum Ausklang dieses ereignisreichen Tages sind sie noch in Laune, etwas zu unternehmen.

»Ich bin wirklich erledigt. Fahrt ihr beiden ohne mich und macht euch einen schönen Abend. Ich werde mich aufs Sofa lümmeln und noch ein paar Seiten lesen.«

Mara missfällt meine Entscheidung. »Willst du wirklich allein in diesem Haus bleiben, nach dem, was dir hier widerfahren ist?«

»Kein Problem«, antworte ich. Das ist nicht gelogen. Es stellt wirklich kein Problem mehr für mich dar, mich an diesem Ort aufzuhalten. Nachdem ich weiß, dass ich mir damals nichts habe zuschulden kommen lassen, kann ich hier wieder frei durchatmen.

Die beiden sind fort und es herrscht eine himmlische Ruhe. Ich könnte mich jetzt ganz auf den Roman einlassen, wenn mir meine eigene Geschichte nicht ständig durch den Kopf gehen würde. Weil ich keine Lust habe, jeden Absatz zweimal zu lesen, schlage ich das Buch wieder zu.

Langeweile treibt mich an, die Küche aufzuräumen. Ich begutachte den Topf, in dem mittags die Kartoffeln angebrannt sind. Meine Rettungsaktion mit dem Spültab hat nicht den gewünschten Erfolg gebracht. Das Teil ist unwiederbringlich hinüber. Ich beschließe, ihn in der Mülltonne vor dem Haus zu entsorgen. Bei der Gelegenheit werde ich Frau Kaufmann aufsuchen und ihr unser Missgeschick beichten. Sie soll mir sagen, wo ich im Ort Ersatz kaufen kann, denn dass wir für den Schaden aufkommen, ist ja wohl selbstverständlich.

Schon als ich die Außentreppe hinuntergehe, fällt mir der dunkle Wagen auf, der direkt vor dem Eingang parkt. Ich bin mir zu hundert Prozent sicher, dass es Saschas Gefährt ist. Es ist noch keine drei Stunden her, als ich ihn gebeten habe, nicht mehr herzukommen. Aber anscheinend ist er nicht hier, um mich zu sehen, sondern stattet Trude Kaufmann einen Besuch ab. Die beiden unterhalten sich. Ich kann jedes Wort klar und deutlich verstehen.

»Unmöglich, nie und nimmer hat meine Mutter das getan. Ganz im Gegenteil. Sie hat sich so gefreut, Großmutter zu werden.«

Mir wird auf der Stelle schlecht, denn mir ist sofort klar, worüber die beiden gerade reden. Woher sie ihr Wissen nehmen, kann ich mir allerdings nicht erklären.

»Glauben Sie es oder lassen Sie es. Ich weiß, was ich mit eigenen Ohren gehört habe. Warum sollte Victoria so eine Geschichte erfinden?«

Aufgebracht marschiere ich um die Ecke, öffne die Gartenpforte und stehe Sekunden später auf der Terrasse der Hauseigentümerin. Geballte Wut spricht aus mir, als ich Sascha anschreie: »Frau Kaufmann hat recht. Glaub es oder lass es, aber vor allen Dingen schleich dich! Was muss ich noch tun, damit du meinen Wunsch respektierst?«

Ich drehe mich auf dem Absatz um und verlasse den Garten. Gefolgt von Sascha renne ich die Treppe hinauf.

»Ich werde erst Ruhe geben, wenn du mit mir gesprochen hast.«

»Worüber willst du denn noch reden? Es ist alles gesagt.«

»Verdammt, Vicky! Du kannst doch nicht eine solch ungeheuerliche Anschuldigung erheben und dich dann sang- und klanglos verabschieden.«

Ich drehe mich um und schaue ihm direkt in die Augen. »Ja, *ungeheuerlich* trifft es genau, was deine Mutter mir angetan hat.«

Als er leise stammelt, dass er es nicht glauben könne, reißt mein Geduldsfaden. Ich packe seinen Arm und ziehe ihn mit aller Kraft in die Ferienwohnung, öffne die Tür zum Master-Bedroom und brülle: »Dort, genau dort ist es passiert!«

Während Sascha fassungslos im Türrahmen steht, ringe ich nach Luft. »Unter dem Vorwand, sich von mir verabschieden zu wollen, hat sie mich hergelotst. Ich musste ihr versprechen, dir nichts zu sagen. Ahnungslos bin ich in ihre Falle getappt. Ich erinnere mich noch, dass wir gut gelaunt am Tisch saßen und Klöben mit Butter und Apfel-Quitten-Gelee gegessen haben. Das Nächste, an das ich mich erinnern kann, ist, dass ich völlig verschwitzt, nur mit einem T-Shirt bekleidet, auf einer Gummimatte im Bett dieses Zimmers gelegen habe. ›Ich blute‹, habe ich gerufen. ›Bitte, hilf mir, Ingeborg. Ich verliere unser Baby‹, aber sie hat mich nur höhnisch ausgelacht.«

»Du hattest eine Fehlgeburt?«

»Hörst du mir nicht zu? Das Bett glich einer Schlachtbank. Sie hatte alles penibel vorbereitet. Bei jedem Versuch aufzustehen, verpasste sie mir eine Injektion. Ich habe hier Tage verbracht, bis mir völlig geschwächt die Flucht gelungen ist.«

»Warum hast du dich nicht sofort bei mir gemeldet?«

»Das hätte ich liebend gern getan, aber es ging nicht. Bei

dem Versuch, das Haus zu verlassen, stellte sich deine Mutter mir in den Weg. Ich habe sie weggeschubst. Sie ist mit dem Kopf an die scharfe Schrankkante geknallt. Als sie regungslos am Boden lag und auf meine Ansprache nicht reagierte, geriet ich in Panik. Ich lief zum Strand und schloss mich einer Gruppe junger Leute an. Bei ihnen verbrachte ich die Nacht am Lagerfeuer. Als ich am nächsten Morgen sah, wie Polizeistreifen und Rettungsfahrzeuge den Küstenwanderweg entlangfuhren, dachte ich, dass sie gefunden worden wäre. Als wenig später ein Leichenwagen zu sehen war, glaubte ich die schreckliche Gewissheit zu haben, dass sie den Sturz nicht überlebt hatte.«

Ich wische mit dem Handrücken die Tränen weg, die mir unkontrolliert über die Wangen laufen. »Hast du eine Vorstellung, was ich durchgemacht habe? Ich dachte jahrelang, ich hätte sie umgebracht.«

Sascha schüttelt stumm den Kopf. Er sucht nach Worten, doch mehr als »Meine Güte, Vicky«, kommt ihm nicht über die Lippen. Er nähert sich einen Schritt und nimmt mich in den Arm.

Ich weiß nicht, wie lange wir schon eng umschlungen in der Mitte des Raumes stehen und uns anschweigen, als ich ihn frage, ob wir etwas trinken wollen. Sascha nickt und löst sich langsam von mir.

Während ich in der Küche den Wasserkessel aufsetze, sitzt er auf dem Sofa und denkt angestrengt nach. Ich reiche ihm einen Tee und setze mich auf den gegenüberstehenden Sessel. Als ich bemerke, wie er in die Tasse pustet, muss ich schmunzeln. Das hat Sascha schon früher gemacht. Geduldig darauf zu warten, bis das Getränk abkühlt, war noch nie sein Ding. Ich nutze die Gelegenheit und betrachte ihn. Keine drei Meter von mir entfernt sitzt der Mann, mit dem ich mein Leben verbringen wollte. Zum x-ten Mal stelle ich mir vor, wie es hätte sein können, wenn ich nicht an die Ostsee gefahren wäre. Wir würden Eltern eines pubertären Teenagers sein, der uns wie Laura mit seinen Launen zur Weißglut bringt. Hinter uns würden fünfzehn glückliche Jahre liegen, angefüllt mit Liebe und Urvertrauen.

Sascha unterbricht meinen Gedankengang mit einer Frage. »Warum hast du der Musik abgeschworen und Psychologie studiert? Du warst so talentiert.«

Ich umklammere die Tasse mit meinen Fingern und stöhne laut auf. »Ich musste mit dem alten Leben abschließen. Die Gefahr war zu groß, entdeckt zu werden. Ich war mir sicher, dass die Polizei nach mir sucht.«

»Nicht die Polizei, sondern ich habe dich gesucht. Ich habe alle Konservatorien in ganz Europa nach dir abgeklappert. Aber du warst wie vom Erdboden verschwunden.«

»Und du? Was hast du mit deinem Talent angestellt? Du bist ein IT-Hansel geworden. Früher hast du dich über diese Leute lustig gemacht.«

Ich erwarte, dass meine freche Bemerkung ihm ein Lächeln abnötigt, aber er schaut nur betroffen zu Boden. Zögerlich gesteht er: »Ich bin nur der Vize-Hansel. Die Firma gehört meiner Frau.«

Seine Erklärung nimmt mir für einen Moment die Luft. Er ist verheiratet? Natürlich ist er das. Warum auch nicht? Sascha Feldenbach ist ein toller Mann. Warum sollte er nach all den Jahren immer noch Single sein?

Ich stelle die Frage, die mich brennend interessiert. »Habt ihr Kinder?«

»Zwei. Der Große ist acht, die Kleine ist gerade drei geworden.«

»Glückwunsch«, sage ich und gehe in die Küche, um mir Tee nachzuschenken.

Sascha versucht, sich zu rechtfertigen. »Irgendwann habe ich aufgehört, daran zu glauben, dass ich dich wiederfinde.«

»Ich mach dir doch keinen Vorwurf. Es ist doch schön, dass wenigstens du dein Leben unbekümmert fortführen konntest.«

Ich spüre ihn dicht hinter mir. »Ich hatte also recht, du bist nicht glücklich in deiner Ehe.«

Ich drehe mich um und antworte wie eine Politikerin. »Du irrst dich. Bei uns ist alles gut.«

»Und warum haben du und Konstantin keine Familie gegründet?«

»Mein Mann wäre gern Vater. Es ist seit Jahren sein sehnlichster Wunsch, aber ich …«

»Ist es dir, nach dem, was meine Mutter dir angetan hat, nicht mehr möglich, Kinder zu bekommen?«

»Das ist es nicht. Es war die Angst, doch irgendwann erwischt zu werden, die mich davon abgehalten hat, eigene Kinder zu bekommen.«

»Bist du deshalb Kinderpsychologin geworden?«

Ich nicke. Gerade wird mir klar, dass Sascha mehr über meine Beweggründe weiß als mein Ehemann. Warum kann ich mit ihm so offen darüber reden, aber mit Konstantin nicht?

Ich höre Autotüren klappen. Mist. Mara und Irina sind zurück. »Ich glaube, es ist besser, wenn du jetzt gehst. Nicht, dass meine Freundinnen noch auf falsche Gedanken kommen.«

Sascha nickt und geht zur Tür. »Danke, dass du mit mir gesprochen hast. Sehen wir uns morgen?«

Ich komme nicht mehr dazu, seine Frage zu verneinen, denn Irina stürzt bereits in den Flur. Ihrem Gang und ihrer Aussprache nach zu urteilen, scheint sie nicht mehr ganz nüchtern zu sein.

»Herr Feldenbach, guten Abend, was für eine nette Überraschung. Bitte entschuldigen Sie, ich bin ein wenig beschwipst. Mara und ich waren in einer Cocktailbar. Zwei nette Herren haben laufend *Sex on the Beach* für uns ausgegeben. Ich habe nicht abgelehnt, obwohl mir richtiger Sex am Strand deutlich besser gefallen hätte. Ich hoffe, Sie sind wenigstens auf Ihre Kosten gekommen. Machen Sie sich keine Sorgen, ich verrate nichts, ich kann schweigen wie ein Grab.«

Ich warte darauf, dass auch der zweite Schluckspecht das Haus betritt. Gespannt werfe ich einen Blick nach draußen und sehe ein Taxi abfahren.

»Wo ist Mara? Bist du etwa allein gekommen?«

»Sie ist mit einem der beiden Herren nach Lübeck ins Casino gefahren. Sie will ihre letzten Kröten auf Rot setzen«, lallt Irina und lässt sich aufs Sofa fallen.

»Die beiden kann man keine Stunde ohne Aufsicht lassen«, schimpfe ich. Sascha grinst. Ob ich allein mit der Schnapsdrossel fertigwerde, will er wissen.

»Das schaffe ich wohl.«

Er streicht mit den Fingerkuppen zärtlich über meine Wange, lächelt mich auf unwiderstehliche Weise an und haucht: »Gute Nacht, Vicky. Schlaf schön.«

Ob ich nach dieser elektrisierenden Berührung schlafen kann, möchte ich bezweifeln.

Eine kurze Nacht

Tori

Es gelingt mir nicht, Irina ins Dachgeschoss zu hieven. Sie ist eindeutig zu schwer. In meinem Bett möchte ich sie auch nicht schlafen lassen. Die Wahrscheinlichkeit, dass sie in die Kissen spuckt, ist einfach zu groß. Ich lasse sie auf dem Sofa liegen, ziehe ihr die Schuhe aus und lege eine Decke über ihre Beine. Aus der Abstellkammer hole ich einen großen Plastikeimer und platziere ihn für den Fall der Fälle in Kopfhöhe neben der Couch. Ich lasse das Licht an und verzichte darauf, die Schlafzimmertür zu schließen. Sollte sie wach werden und meine Hilfe brauchen, werde ich sofort zur Stelle sein.

Ich stehe im Bad vor dem Spiegel und putze mir die Zähne. In Gedanken lasse ich den Tag noch einmal Revue passieren. Ich höre mich sagen: »Nein, Sascha, wir können keine Freunde sein. Dafür ist viel zu viel passiert.« Aber über alles, was passiert ist, habe ich mit ihm gesprochen. Es gibt keine Geheimnisse mehr zwischen uns. Was spricht also dagegen, dass wir einen freundschaftlichen Umgang miteinander pflegen?

»Tori Kampen. Du wirst doch wohl nicht …«, ermahnt

mich mein Gewissen. Aber ich unterbinde die aufkommenden Zweifel sofort.

Ich bin verheiratet. Er ist verheiratet. Ich kenne ihn länger als mein halbes Leben. Wieso sollte ich keine Zeit mit ihm verbringen? Mein Gemahl verbringt unsere arbeitsfreie Zeit schließlich auch mit seinen Kumpels. Gleiches Recht für alle!

Ich lege mich aufs Bett und fixiere mein Handy. Soll ich oder soll ich nicht? Sascha nimmt mir die Entscheidung ab. Er hat mir eine SMS geschickt.

Schläfst du schon?
Nein, ich kann nicht. Bin viel zu aufgewühlt.
Geht mir auch so.
Was machst du?
Ich sehe dich an.

Panisch schaue ich zum Fenster. Er wird doch wohl nicht auf dem Balkon stehen und mich von draußen beobachten?

Wo siehst du mich?
Ich schaue mir alte Videos von uns an.
Du hast Filme von uns dabei?
Nicht dabei – auf YouTube.
Wollen wir nicht lieber telefonieren?
Wenn ich jetzt deine Stimme höre, kann ich für nichts garantieren.

Ich lache laut auf.

Was hätte ich denn zu befürchten?
Ich würde sofort kommen und dich holen, dich in mein Auto setzen und mit dir nach Ratzeburg

fahren.

Nach Ratzeburg? Warum gerade dorthin?

Im Rahmen des Schleswig-Holstein-Festivals spielen dort alte Bekannte von uns.

Wer? Etwa Justine und Olivier?

Genau die. Hättest du Lust?

Lust? Fragst du das im Ernst? Ich habe Riesenlust! Wann holst du mich ab?

Ist neun Uhr zu früh?

Passt. Ich freu mich wie bekloppt!

Und ich mich erst. Bis morgen!

Ich stelle das Handy aus und versuche zu schlafen. Doch es bleibt nur bei dem Versuch. Es geht bereits auf vier Uhr zu und ich wälze mich immer noch von einer auf die andere Seite. Nun wird es mir zu bunt. Ich knipse das Licht an und setze mich auf. Was hat Sascha vorhin gesagt? Er schaut sich Videos auf YouTube an?

Erneut gehe ich online und gebe auf dem Portal den Suchbegriff *Sascha Feldenbach* ein. Tatsächlich. Er betreibt sogar einen eigenen Kanal, auf dem er Filme von unseren alten Auftritten hochgeladen hat. Ich klicke auf ALLE WIEDERGEBEN und kuschele mich gemütlich in mein Kopfkissen. Die bewegten Bilder meiner Abschlussfeier zu sehen, zaubert mir ein Lächeln ins Gesicht. Als ich jedoch den nächsten Film anschaue, klopft mein Herz, als wenn es herausspringen wolle. Ich sehe Sascha, wie er auf dem Bahnsteig der Pariser Metrostation Bastille in die Kamera lächelt. In akzentfreiem Französisch sagt er: »Als Nächstes spiele ich das Lieblingslied meiner Freundin. Es klingt noch viel, viel schöner, wenn sie mich auf der Querflöte begleitet, aber sie ist nicht hier und ich vermisse sie so sehr. Deshalb hört sich die Ballade so verdammt traurig an.« Sascha stimmt *A groovy kind of love* an und bereitet nicht nur den anwesenden Passanten, sondern auch mir mit seinem Solo eine Gänsehaut, die ihresgleichen sucht.

Die nachfolgenden Filme sind Filmchen. Sie tragen das jeweilige Datum und den Ort der Aufnahme. Sie sind nur wenige Sekunden lang.

14. Mai 2003 – München
»Happy Birthday, Vicky. Wo immer du bist. Ich denke an dich und wünsche mir, dass es dir gut geht.«

14. Mai 2004 – Stockholm
»Alles Gute zum Geburtstag, Vicky. Wo immer du bist. Ich hoffe, es geht dir gut.«

Es folgen noch weitere Grußbotschaften mit gleichem Wortlaut. Das letzte Video stammt aus dem Jahr 2008. Danach hat er aufgehört, mir zu gratulieren.

Wie viele Tränen habe ich in diesem kurzen Urlaub schon vergossen? Ich habe aus Wut und Enttäuschung, aus Angst und Verzweiflung geweint. Jetzt heule ich vor Rührung. Mein Brustkorb bebt so gewaltig, dass es sich anfühlt, als ob jeden Moment mein Herz zerspringen würde. Ich weiß nicht, wann ich das letzte Mal so intensives Herzeleid verspürt habe. Ich ersticke mein lautes Schluchzen in den Daunen der Decke, bis es in leises Wimmern mündet. Und dennoch tut es von Minute zu Minute mehr weh. Ich möchte meinen Schmerz herausschreien, aber wie immer beherrsche ich mich.

Irina ist aus ihrem Koma erwacht. »Tori? Alles klar bei dir?« Mit einem derangierten Gesicht, das dazu taugt, Spatzen aus Kirschbäumen zu vertreiben, schlurft sie zu mir ins Zimmer. »Ist Mara noch immer nicht zurück?«

Ich schüttele den Kopf.

»Draußen ist es schon hell. Ihr wird doch wohl nichts zugestoßen sein?«

Irinas Sorge wirkt ansteckend. »Was waren das für Typen,

mit denen ihr unterwegs gewesen seid?«

»Ach, die waren eigentlich ganz harmlos.«

»Was heißt *eigentlich*?«

»Meiner war höchst spendabel. Er dachte wohl, wenn er mich abfüllt, hätte er ein leichtes Spiel. Aber da hat er die Rechnung ohne Irina Fischer gemacht. Und Maras Verehrer war so ein typischer Anzugträger. Die beiden haben den ganzen Abend nur über Geschäftliches gesprochen. Sie war mal wieder ganz in ihrem Element und hat die erfolgreiche Verlegerin gespielt. Meine Güte, brummt mir der Schädel. Hast du Aspirin?«

Ich werfe meine Decke zurück und stehe auf. »Tabletten liegen im Bad auf der Konsole. Bedien dich. Ich werde jetzt einen Kaffee kochen.«

Kurz darauf folgt Irina mir in die Küche. »Meinst du nicht, wir sollten mal bei Mara anrufen?«

Ich stimme zu und hole mein Handy aus dem Schlafzimmer. »Mailbox. Und ich kann noch nicht einmal eine Nachricht hinterlassen.«

»Ja, spinnt die denn?«

»Wieso hast du sie auch nur alleine gehen lassen?«

»Du glaubst, sie hätte auf mich gehört?«

Es hat wenig Sinn, Irina Vorwürfe zu machen. Wenn Mara sich etwas in den Kopf gesetzt hat, ist es verdammt schwer, ihr das wieder auszureden. Das weiß ich aus eigener Erfahrung.

»Hat sie sich etwa so angetrunken ans Steuer gesetzt?«

»Nein, ihr Flitzer parkt vor der Bar. Sie ist bei ihrem Begleiter mitgefahren.«

Ich nehme mein Smartphone zur Hand und gehe auf die Webseite der Spielbank Lübeck. Ein Blick auf die Öffnungszeiten macht klar, dass Mara schon längst wieder zurück sein müsste. »Die schließen um halb drei in der Nacht. Jetzt ist es halb sechs. Wo treibt sie sich nur rum?«

»Ich hoffe, sie treibt es richtig. Verdient hätte sie es, nach dem, was Alex sich alles erlaubt hat. Warum soll sie ihm treu sein, wenn er es nicht ist?«

»Du glaubst wirklich, dass Fremdgehen die richtige Methode ist, eine Ehe zu retten?«

»Wer sagt denn, dass Mara das überhaupt noch will? Wenn ich sie richtig verstanden habe, ist sie mit Alex durch. Aber so was von durch!«

»Magst du auch eine Tasse Kaffee?«

»Nee, ich gehe jetzt ins Bett und schlafe meinen Rausch aus.«

Irina steht auf der dritten Stufe der Treppe, als sie sich umdreht und fragt: »Hab ich das geträumt, oder ist Herr Feldenbach gestern hier gewesen, als ich nach Hause gekommen bin?«

»Das wirst du wohl geträumt haben«, antworte ich grinsend und wünsche ihr einen geruhsamen Schlaf.

Mit dem Becher Kaffee in der Hand gehe ich auf den Balkon. Ich warte auf den Sonnenaufgang und blicke gespannt auf die vor mir liegende See, als ich das Quietschen einer Tür wahrnehme. Frau Kaufmann hat ihre Wohnung verlassen und spaziert pfeifend durch den Garten.

Bevor sie mich entdeckt und mich womöglich für unfreundlich hält, grüße ich zuerst.

»Guten Morgen, schon so früh am Morgen wach?«

Sie schaut zu mir auf und erklärt, dass alte Menschen wenig Schlaf benötigen.

»Ich fahre zum Bäcker. Soll ich Ihnen Brot oder Brötchen mitbringen?«

»Brötchen wären toll. Sechs Stück. Sorte ist völlig egal. Wir sind nicht anspruchsvoll.«

»Das ist ein Fehler, Victoria. Frauen sollten in allen Bereichen anspruchsvoll sein und sich nur mit dem Besten zufriedengeben.«

Ich bin mir sicher, dass sich ihr Rat nicht nur auf die Brötchen bezieht, aber um nachzufragen, was sie sonst noch meint, bin ich viel zu erschöpft.

»Warten Sie. Ich bringe Ihnen rasch das nötige Geld runter.« Frau Kaufmann lehnt ab. Sie besteht darauf, den Betrag auszulegen, und ich lasse ihr ihren Willen.

Sechs Uhr. In drei Stunden will Sascha mich abholen und ich habe bisher kein Auge zugetan. Ich versuche mein Glück an der frischen Luft und lege mich für ein Nickerchen auf die Liege. Verdammt kühl ist es so früh am Morgen auf dem Balkon, stelle ich nach wenigen Augenblicken fest und flitze hinein, um die Decke zu holen, mit der ich Irina in der Nacht zugedeckt habe.

Zweiter Versuch. So sollte es gehen.

Ich schlummere noch keine dreißig Minuten, als mich eine Fahrradklingel weckt. Frau Kaufmann ist zurück.

»Ich habe Buttercroissants, Rosinenschnecken, Körnerbrötchen und Mohnhörnchen mitgebracht. Soll ich raufkommen oder kommen Sie runter?«

Ich recke mich und antworte, dass ich runterkomme.

Mit meinem Portemonnaie in der Hand gehe ich zu ihr auf die Terrasse.

Sie hält mir die offene Brötchentüte entgegen und fordert mich auf, daran zu schnuppern.

»Ich liebe diesen Duft. Wenn es ein Parfum geben würde, das nach frischen Backwaren riecht, würde ich es mir sofort kaufen.«

»Was bin ich Ihnen schuldig?«, frage ich und öffne meine Geldbörse.

Schuldbewusst schaut sie mich an. »Sie sind wohl immer noch böse auf mich, stimmt's, Victoria? Vielleicht haben Sie sogar recht und ich hätte mich nicht einmischen dürfen. Aber die Bemerkungen Ihrer Freundinnen, die ich wirklich nur rein zufällig aufgeschnappt habe, konnte ich einfach nicht für mich behalten. Ich musste es Herrn Feldenbach mitteilen. Er hat doch so unter der Situation gelitten.«

»Ich bin Ihnen nicht böse. Wir haben uns ausgesprochen. Alles ist gut.«

Frau Kaufmann bietet mir einen Platz auf ihrer Holzbank an. »Bitte, Victoria, nur einen Moment. Sie sollen wissen, dass ich damals von dem ganzen Drama rein gar nichts mitbekommen habe. Hätte ich geahnt, was dort oben vor sich geht, dann hätte ich doch eingegriffen. Aber Frau Feldenbach sagte mir, dass Sie nur für einen Tagesbesuch ...«

»Schon gut, Frau Kaufmann. Das konnte doch niemand ahnen.«

»Bitte, sagen Sie Trude.«

»Nur, wenn Sie Tori und nicht mehr Victoria zu mir sagen.«

»Lust auf einen frischen Kaffee, Tori? Er müsste gerade durchgelaufen sein. Ich programmiere die Maschine immer auf halb sieben.«

»Eigentlich ... Ach, warum nicht. Schlafen wird ohnehin überbewertet.«

Sie schenkt zwei Tassen randvoll ein. Erst danach fragt sie, ob ich Milch gewollt hätte. Ich muss schmunzeln. Irgendwie erinnert Trude mich an meine Oma, bei der ich groß geworden bin. Die hatte es auch drauf, erst zu fragen, wenn es bereits zu spät war. »Nein, danke. Schwarz ist völlig in Ordnung.«

Ich fische mir ein Hörnchen aus der Brötchentüte. Von Weitem ertönt ein Martinshorn.

»Nicht schon wieder«, stöhnt Trude und ich schaue sie fragend an. »Krankenwagen, Notarzt, Polizei und ganz zum Schluss kommt der Leichenwagen. Ich möchte einen Sommer erleben, an dem kein Urlauber in der See ertrinkt. Die Leute sind aber auch so was von leichtsinnig. Meistens sind es die Männer, die ihre Kräfte völlig überschätzen.«

»Kommt das hier häufiger vor?«

»Ja, viel zu oft.«

Nun wird mir einiges klar.

Ich schaue in den Himmel, der sich grau bedeckt zeigt. »Mit Ihrer Wettervorhersage könnten Sie recht behalten. Es sieht wirklich nicht so aus, als sollte es heute wieder schön werden.«

»Spätestens gegen Mittag, wenn der Wind dreht, wird es ungemütlich.«

»Gut zu wissen«, sage ich, zahle die Auslagen und bedanke mich für den Brötchen-Service.

Wetterumschwung

Tori

Als es um Punkt neun Uhr an der Haustür klopft, weiß ich, dass Sascha gekommen ist. Ich bitte ihn herein.

»Bist du ganz allein?«

Ich verneine. Im Flüsterton verrate ich, dass Irina noch schläft. »Mara ist noch immer nicht zurück. Ich habe schon mehrmals versucht, sie auf dem Handy zu erreichen, aber vergebens. Mittlerweile mache ich mir ernsthafte Sorgen, dass ihr etwas zugestoßen sein könnte. Es tut mir wirklich leid, Saschi, aber ich kann in dieser Ungewissheit nicht mit dir nach Ratzeburg fahren.«

»Vergiss das Konzert. Das läuft uns nicht weg. Sie werden noch häufiger auftreten. Steht denn Maras Wagen noch vor der Bar?«

Ich zucke mit den Achseln. »Ich weiß es nicht.«

»Dann komm. Wir fahren hin und sehen nach.«

Bevor wir das Strandhaus verlassen, schreibe ich Irina eine Nachricht.

Bin mit Herrn Feldenbach unterwegs. Wir suchen Mara. Melde dich, wenn sie kommt. Gruß, Tori

Als ich mich in seinem Wagen anschnalle, bemerke ich, dass er grient. »Was ist so komisch?«

»Nichts, alles ist bestens.«

»Was belustigt dich so? Sag schon, du grinst doch nicht ohne Grund.«

»Du hast mich vor einem Moment *Saschi* genannt, genau wie früher.«

Ich schaue ihn an. »Schlimm? Hätte ich das nicht sagen sollen?«

»Nein, das hat sich gut angehört. Es klang so vertraut, so, als hätte es nie …«

»Weißt du, dass du dich optisch kaum verändert hast?«

»Du dich schon. Du bist noch hübscher geworden.«

Ich klappe die Sonnenblende herunter, schaue in den Spiegel und ziehe sofort die Brauen hoch. »Stimmt, ich sehe nach einer Nacht ohne Schlaf wirklich wunderschön aus. Vielleicht hätte ich doch besser ein wenig Make-up auflegen sollen.«

»Das hast du nicht nötig. Du bist naturschön.«

Nun griene ich auch. Im Stillen denke ich: Hör diesem schlauen Mann zu, Konstantin Kampen. Er weiß, wie man Komplimente macht. Von ihm kannst du noch viel lernen.

Wir erreichen die Cocktailbar. Der Parkplatz ist leer. Es ist weit und breit kein schwarzer Roadster zu sehen.

»Gibt es nur die eine Bar in diesem Ort?«

Sascha nickt. »Wie spät war es, als ich gestern gegangen bin? Es war schon weit nach Mitternacht, oder?«

Ich überlege. »Eher kurz nach eins.«

»Sicher?«

»Ziemlich. Warum fragst du?«

»Die Fahrtzeit von hier bis Lübeck beträgt dreißig Minuten. Das Casino schließt um halb drei. Glaubst du wirklich, dass Mara sich auf den Weg gemacht hat, um nur eine Stunde lang zu zocken?«

»Wenn sie so betrunken war wie Irina, dann ganz bestimmt.«

»Das passt gar nicht zu ihr. Ich kenne sie als umsichtige Geschäftsfrau, bei der alles in geordneten Bahnen laufen muss.«

»Der Eindruck täuscht. Mara ist von Natur aus impulsiv und handelt zurzeit eher unüberlegt.«

Sein fragender Blick signalisiert mir, konkreter zu werden.

»Bei ihr läuft es gerade nicht rund, wenn du verstehst.«

Er stellt den Motor aus und wendet sich mir zu. »Hauptsache, bei dir läuft alles rund.«

»Aber ja. Ich liebe meinen Beruf.«

»Ich meinte eigentlich dein Privatleben.«

»Das auch.«

»Verbringt ihr deshalb euren Urlaub getrennt?«

Ich hole tief Luft. »Was soll die Fragerei? Die Männer haben spontan die Chance ergriffen. Ich gönne ihnen den Spaß.«

»Na, spontan würde ich das nicht nennen. *Von langer Hand geplant* trifft es wohl eher.«

Bitte? Jetzt will ich es aber genau wissen.

»Dein Mann hat die Melody doch schon vor Wochen gechartert. Ich dachte, das wüsstest du.«

Nein, das wusste ich nicht, und mir kommt der Verdacht, dass Sascha mehr weiß, als er andeutet.

»Welche Rolle spielst du in dieser Sache? Mein Mann hat mir gesagt, dass du den Männern angeboten hättest, dich auf deinem Törn zu begleiten.«

»Das stimmt so nicht. Ich hatte lediglich den Auftrag von ihm erhalten, euch am Samstagabend für zwei bis drei Stunden durch die Bucht zu schippern.«

»Weiß Konstantin, dass wir uns kennen?«

»Wenn du es ihm nicht gesagt hast, dann wohl nicht.«

Ich greife nach seiner Hand und schaue ihn flehend an. »Er darf von den Vorkommnissen niemals erfahren. Versprich mir, dass du ihm nicht verrätst, dass ich schwanger war. Er soll auch nicht wissen, welche Schuldgefühle ich seit Jahren wegen des Sturzes deiner Mutter hatte. Das Ganze muss unser Geheimnis bleiben.«

Sascha kneift die Augen zusammen. »Bedeutet das, dass er völlig ahnungslos ist? Du hast es all die Jahre allein mit dir ausgemacht? Warum? Wieso konntest du dich ihm nicht anvertrauen? Er ist doch dein Mann.«

»Wann hätte ich ihm denn sagen sollen, dass ich einen Menschen umgebracht habe? Vielleicht gleich am ersten Tag, als wir am Strand aufeinandergetroffen sind?«

Sascha stößt einen lauten Zischlaut aus. »Er war einer dieser *jungen Leute* am Lagerfeuer? Chapeau, du hast ja keine Zeit verloren, um mich zu ersetzen.«

Diesen Vorwurf lasse ich nicht auf mir sitzen. »Falsch. Wir wurden erst viel später ein Paar.«

Verachtung klingt in seiner Stimme. »Ein schönes Paar seid ihr.«

So langsam reichen mir seine Vorhaltungen. »Wieso reden wir ständig über meine Ehe? Warum reden wir zur Abwechslung nicht mal über deine Frau! Was sagt sie denn dazu, dass du mit allen Mitteln versuchst, wieder Kontakt zu mir aufzunehmen?«

»Ich habe keine Geheimnisse vor ihr. Wir gehen offen und ehrlich miteinander um. Sie weiß, dass ich hier bin, um dich zu treffen.«

Mein Ton wird schärfer. »Hast du ihr nur gesagt, dass du dein Kind kennenlernen willst, oder weiß sie auch, dass du das ganze Spektakel nur veranstaltet hast, um deine Jugendliebe wiederzusehen? Wie *offen und ehrlich* bist du ihr gegenüber wirklich gewesen?«

Ziemlich schnippisch kontert er. »Wie kommst du darauf, dass du meine Jugendliebe warst?«

Mit dieser Reaktion habe ich nicht gerechnet. Zugegeben, nun bin ich verwirrt. »Das war ich nicht?«, frage ich leise und starre ihn mit offenem Mund an.

Er lacht. »Nein, Vicky, du warst nicht meine Jugendliebe, du warst und bist nach wie vor die Liebe meines Lebens. Für keinen anderen Menschen empfinde ich so tief wie für dich.«

Sein Kopf kommt immer näher. Bevor sich unsere Nasen berühren, schnalle ich mich ab und öffne die Beifahrertür.

»Wo willst du denn hin?«

»Ich brauche Luft zum Atmen«, antworte ich und steige aus.

Minutenlang stütze ich mich mit beiden Armen am Wagendach ab und atme konzentriert ein und aus. Saschas Liebesbeichte hat mich frontal erwischt. So etwas darf er mir doch nicht sagen. Ich bin so durcheinander, dass ich gar nicht bemerke, wie der einsetzende Regen mich durchnässt.

Nach einer Weile öffnet Sascha die Fahrertür und steigt aus. »Vicky, in diesem Kaff findet kein Wet-T-Shirt-Contest statt. Wenn du nicht alle Blicke auf dich ziehen willst, solltest du jetzt wieder einsteigen.«

Ich schaue an mir herab und schlage sofort beide Arme vor die Brust. »Daran bist nur du schuld«, jaule ich. »Warum bringst du mich auch so durcheinander?«

»Komm zurück in den Wagen, sonst erkältest du dich noch.«

Wie befohlen nehme ich wieder Platz. Sascha stellt die Heizung und das Gebläse an, während ich mit den Fingern durch mein tropfnasses Haar fahre.

Der Regen schlägt in Hagel um. Laut prasseln kirschgroße Körner auf das Autodach.

»Na, da hat Trude mit ihrer Wetterprognose aber goldrichtig gelegen. Jetzt ist es wirklich ungemütlich.«

»Du musst dich umziehen. Du bist nass bis auf die Haut. Wollen wir zum Strandhaus fahren, oder willst du mich in mein Hotel begleiten? Ich könnte dir mit trockenen Sachen aushelfen.«

»Moment«, antworte ich, denn mein Handy klingelt.

Es ist Irina. Sie gibt Entwarnung. »Mara ist wieder da.«

»Das sind gute Nachrichten. Dann können wir ja die Suche abbrechen. Bis gleich.«

»Also zum Strandhaus«, verkündet Sascha und startet den Motor.

Hot Stone

Trude

Als die ersten Regentropfen fallen, gehe ich ins Schlafzimmer, um das Fenster zu schließen. Dabei bemerke ich, dass Maras Wagen vor dem Eingang parkt. Sie hat es versäumt, das Verdeck zu schließen. Eigentlich könnte ich sagen: Was geht es mich an? Aber das bringe ich nicht fertig. Ich schnappe meinen Schirm und gehe kurz entschlossen hinauf in die Wohnung.

Ich klopfe nicht, sondern klingele Sturm. Endlich wird die Tür geöffnet.

»Wissen Sie, dass das Dach Ihres Wagens noch geöffnet ist?«

Mara verliert keine Zeit und stürmt an mir vorbei. Gerade will ich mich umdrehen und wieder nach unten gehen, als Irina mich anspricht.

»Haben wir Ihnen die leckeren Brötchen zu verdanken?«

Ich nicke. Sie bittet mich einzutreten. Als ich sehe, dass sie ihre Geldbörse zückt, erkläre ich, dass Tori bereits alles bezahlt hat.

Mein Blick fällt durch das Panoramafenster auf den Balkon. »Wir sollten die Sitzkissen reinholen, wenn wir nicht wollen, dass sie völlig nass regnen.«

Irina öffnet die Schiebetür und ich eile ihr zur Hilfe.

»Meine Güte, da braut sich ja ganz schön was zusammen«, seufzt sie und bringt die Sitzpolster ins Trockene.

Mara ist auch zurück. »Vielen Dank, Trude. Wenn Sie mich nicht erinnert hätten, wäre es teuer für mich geworden.«

»Jetzt hagelt es auch noch«, ruft Irina, die am Fenster steht und besorgt nach draußen schaut. »Hoffentlich geht es den Männern gut. So ein Unwetter auf hoher See ist doch bestimmt nicht ungefährlich.«

»Es hat sie ja keiner gezwungen zu segeln«, antwortet Mara mit einer Portion Schadenfreude.

Ich will mich verabschieden, aber die beiden meinen, dass das keine Eile hätte.

»Bleiben Sie doch, bis es aufhört, sonst werden Sie ja pitschenass. Vielleicht kocht Mara einen Tee für uns. Am besten einen Beruhigungstee, denn den wird Tori brauchen, wenn sie gleich zurückkommt.«

»Was soll das denn bedeuten?«, fragt Mara zurück.

»Na, was glaubst du denn? Sie ist richtig sauer auf dich, und das zu Recht. Deinetwegen hat sie kein Auge zugetan, weil sie sich solche Sorgen gemacht hat.«

»So, sie hat sich gesorgt und du dich nicht?«

Die Haustür öffnet sich. Mit einem lauten »Puh, was für ein Wetter«, treten Tori und Sascha ein. Sie schütteln sich wie nasse Hunde.

Mara grinst die beiden an, aber das Grinsen vergeht ihr sofort, als Tori sie anschreit. »Bist du noch ganz dicht? Wo kommst du jetzt her? Wieso gehst du nicht an dein Handy?«

An Maras Antworten scheint sie nicht wirklich interessiert zu sein, denn sie geht schnurstracks ins Schlafzimmer und knallt die Tür wütend hinter sich zu. Dieses Geräusch geht mir durch Mark und Bein. Wieso haben es die jungen Leute nicht drauf, Türen leise zu schließen?

»Und was verschafft uns die Ehre Ihres Besuches, Herr Feldenbach?«, fragt Mara, während sie den Wasserkessel aufsetzt.

»Ihre Freundin und ich wollten ursprünglich heute zum Schleswig-Holstein-Festival nach Ratzeburg fahren, aber stattdessen haben wir *Findet Nemo* gespielt. Immerhin sind Sie wohlbehalten zurückgekehrt. Wir hatten schon die schlimmsten Befürchtungen.«

»Meine Güte, ich habe mir ein wenig Spaß gegönnt. Ich dachte, das macht man so im Urlaub.«

Irina stellt fünf Tassen auf den Tisch. »Warst du noch im Casino?«

»Und ob ich das war. Wie heißt es so schön? Pech in der Liebe – Glück im Spiel. Seht her, ich habe in nur einer Stunde satte dreitausend Euro gewonnen. Ich sollte das künftig hauptberuflich machen.«

Tori ist zurück. Sie hat sich umgezogen. »Die Spielbank schließt um halb drei. Jetzt ist es halb elf. Würdest du uns endlich verraten, wo du dich die ganze Zeit rumgetrieben hast, während ich vor Sorge um dich völlig meschugge geworden bin?«

»Ich habe mit meinem neuen Direktor-Freund noch privat weitergezockt. Er schuldet mir neunzigtausend«, kichert Mara. Ich habe den Eindruck, sie ist noch nicht wieder ganz nüchtern. Es könnte auch sein, dass sie eine von diesen berüchtigten Pillen eingeworfen hat, denn sie wirkt auf mich, als sei sie auf Speed.

»Direktor-Freund? Geht es etwas genauer?«, will Tori wissen.

»Der Hoteldirektor des 5-Sterne-Luxus-Wellness-Resorts. Er heißt Hubert und ist, was Black Jack angeht, total talentfrei. Dafür hat er andere Talente.« Sie hebt affektiert die Nase in die Luft und setzt fort: »Aber ich bin eine Dame, die genießt und schweigt.«

»Was heißt, er schuldet dir neunzigtausend? Etwa Euro?«, fragt Irina mit weit aufgerissenen Augen.

»Das wäre schön«, amüsiert sich Mara. »Nein, wir haben um Zeit gespielt. Ich habe neunzigtausend Sekunden gewonnen. Das entspricht fünfundzwanzig Stunden Gratisbehandlungen in seinem Spa.« Sie öffnet ihre Handtasche und legt einen dicken Stapel Voucher auf den Tisch. »Wer hat Lust auf eine Massage, ein Peeling oder eine Gesichtsbehandlung?«

Irina greift sich einen Gutschein und liest den aufgedruckten Text. »Das ist ja der blanke Wahnsinn«, jubelt sie.

»Was ist mit Ihnen, Trude? Hätten Sie nicht auch Lust, sich einmal von Kopf bis Fuß verwöhnen zu lassen? Scheuen Sie sich nicht. Greifen Sie zu.«

Das lasse ich mir von Mara nicht zweimal sagen und nehme einen Behandlungsgutschein vom Stapel. Ich kenne diesen exklusiven Spa-Tempel nur vom Hörensagen. Marlies war mal dort und hat mir von der tollen Saunalandschaft vorgeschwärmt. Sie hat sich mit warmen Steinen den Rücken massieren lassen und genau das will ich auch.

Hausbesetzer

Tori

Anders als ich waren Trude und Irina für Maras Vorschlag sofort zu haben. Die drei haben sich bereits auf den Weg ins feine Wellness-Resort gemacht. Laut gähnend schaue ich auf meine Armbanduhr.

»Wann beginnt das Konzert? Würden wir es noch rechtzeitig zu Justines und Oliviers Auftritt schaffen?«

»Ach, Vicky, so müde wie du bist, solltest du dich lieber hinlegen.«

»Aber ich würde sie so gern hören.«

Sascha durchforstet sein Smartphone. »Irgendwo habe ich einen alten Konzertmitschnitt. Was hältst du von Rachmaninow?«

Ich grinse breit. »Oh ja, bitte.«

»Hinlegen! Füße hoch und Augen zu«, befiehlt er und legt mir die Decke über.

Es ist Jahre her, dass ich eine Sonate für Violoncello und Klavier gehört habe. Konstantin steht nicht auf Klassik. Er hält es für nerviges Gedudel.

Mit geschlossenen Augen will ich mich der Musik hingeben. Doch so richtig will es mir nicht gelingen, mich fallen zu lassen. Ich spüre Saschas Blicke auf mir. Vorsichtig blinzle ich, um zu überprüfen, ob mein Gefühl zutrifft.

»Schau mich nicht so an. Wie soll ich das Stück genießen, wenn du mich so taxierst?«

Er dreht sich demonstrativ um. »Besser?«

»Du bist ein Spinner«, lache ich. Grinsend rutsche ich ein Stück zur Seite und biete ihm an, sich neben mich zu legen.

Sekunden später krabbelt er unter die Decke und breitet seinen linken Arm aus, auf den ich meinen Kopf bette.

Nun bin ich es, die ihn anstarrt. Meine Nase wandert dicht an seinen Hals. Ich atme seinen Geruch, der mir trotz all der Jahre noch immer so vertraut ist, tief ein. Ich muss an Trude Kaufmann denken, die mir in der Früh gestanden hat, dass sie sich ein Parfum wünscht, das nach frischen Backwaren riecht. Mein Wunschparfum ist Saschis Odeur. In seinem Duft könnte ich versinken.

Ich habe das Gefühl, dass sich der Raum verdunkelt. Mein Blick zum Fenster offenbart, dass sich ein richtiges Unwetter zusammenbraut. Der Wind hat kräftig zugenommen und der Himmel ist tiefschwarz.

Die Musik verstummt. In die Stille platzt ein lauter Donnerschlag, der mich zusammenzucken lässt. Sascha hält mich fester.

»Meine kleine, süße, ängstliche Vicky. Fürchtest du dich noch immer bei Gewitter?«

»Sieh doch nur mal raus. Es sieht aus, als würde die Welt untergehen.«

Behutsam streicht er mit den Fingern über mein Gesicht. »Hab keine Angst, ich bin doch bei dir.«

Das ist es ja, was mich ängstigt. Ich fürchte nicht den Donner und auch nicht den aufziehenden Orkan, sondern sorge mich um meine Standhaftigkeit. Lange werde ich dem Drang nicht mehr widerstehen können, mit den Fingern durch sein dichtes Haar zu fahren und meine Lippen auf seinen weichen Mund zu drücken.

Mein Handy klingelt. Das ist gut. Jetzt habe ich einen Grund aufzustehen.

»Lass es klingeln, Vic.«

»Und wenn es wichtig ist?«

»Wer oder was könnte jetzt wichtiger sein als wir beide?«

Ich antworte nicht, sondern erhebe mich. Die Nummer auf dem Display sagt mir nichts, dennoch nehme ich das Gespräch an. »Kampen.«

»Warum machen Sie nicht auf?«

»Wer spricht denn da? – Ruben, bist du das?«

»Ja, ich stehe vor Ihrem Haus und habe schon dreimal geklingelt. Warum machen Sie nicht auf?«

»Ruben, ich bin nicht zu Hause, sondern im Urlaub, das weißt du doch.«

»Aber Ihr Auto steht doch vor der Tür.«

»Glaub mir, ich bin nicht in Hamburg. Denkst du wirklich, ich würde dir nicht öffnen, wenn ich zu Hause wäre? Was gibt es denn?«

»Ich muss mit Ihnen reden.«

»Das tun wir doch jetzt. Du kannst mit mir auch am Telefon über deinen Kummer sprechen. Ich höre dir zu.«

»Schon gut«, schnieft er und ich ahne, dass er weint.

»Weiß deine Oma, dass du bei mir vor dem Haus stehst?«

Er antwortet mir nicht.

»Ich werde sie jetzt anrufen und ihr sagen, dass sie dich abholen soll. Setz dich auf die Stufen und warte, bis sie kommt. Versprichst du es mir? – Ruben, bist du noch dran?«

Nein, er hat aufgelegt. Ich stöhne laut auf.

»Wer ist Ruben?«, will Sascha wissen.

»Ein Patient von mir. Ich muss dringend seine Großmutter

verständigen. Vermutlich weiß sie gar nicht, dass er sich heimlich weggeschlichen hat.«

Gut, dass ich ihre Nummer abgespeichert habe. Sie meldet sich nach dem ersten Klingeln und ist erleichtert, als ich ihr sage, wo sich ihr Enkel gerade aufhält.

»Dieser Bengel. Ich weiß nicht, was ich noch machen soll.«

»Haben Sie Geduld. Ruben ist auf dem besten Weg. Würden Sie mich benachrichtigen, wenn er wieder bei Ihnen ist?«

»Ja, ich melde mich. Danke, Frau Doktor.«

Ich lege auf und stecke das Handy in meine Hosentasche. Statt auf das Sofa zurückzukehren, setze ich mich in den Sessel.

Sascha schaut mich prüfend an. »Legst du dich für alle deine Patienten so ins Zeug?«

»Der Kleine ist mir besonders ans Herz gewachsen. Er hat Schlimmes erlebt und verschließt sich. Weder seine Großmutter noch die Lehrer kommen an ihn ran.«

»Aber du schaffst es. Würde er dich sonst anrufen?«

Ich bin in Gedanken. Was hat Ruben gesagt? Unser Wagen steht vor dem Haus? Das kann doch gar nicht sein. Konstantin hatte ihn vor unserer Abreise in der Garage geparkt. Ich selbst habe gesehen, wie Irina das Tor geöffnet und unser Gepäck aus dem Kofferraum geholt hat.

»Wie alt ist er?«

»Ruben? Er ist acht, genau wie dein Sohn. Wie heißen deine Kinder eigentlich?«

»Der Junge heißt Marvin.«

»Etwa nach Marvin Gaye?«, frage ich belustigt nach.

»Nein, nach meinem Schwiegervater.«

»Dann lautet der Name deiner Tochter hoffentlich nicht Ingeborg nach deiner Mutter.«

»Müssen wir jetzt wirklich über meine Kinder sprechen?«

Sascha springt vom Sofa auf und stellt sich ans Fenster. Plötzlich herrscht eine eisige Atmosphäre im Raum und ich bin mir sicher, dass meine Frage der Grund für diesen Stimmungswechsel ist.

»Nein, das müssen wir nicht.«

Ich gehe zum Kühlschrank und überprüfe unsere Vorräte. Der Topf mit den Sahneheringen lacht mich an. Gerade will ich fragen, ob ich uns ein Mittagessen zubereiten soll, als ich Sascha dicht hinter mir spüre. Er legt seine Arme um mich und drückt sich fest an mich.

»Melanie will mit den Kindern zurück in die Staaten. Ich werde meine Kinder verlieren.«

Ich drehe mich um und schaue in sein trauriges Gesicht. Wieso wird er seine Kinder verlieren? Ich verstehe das nicht. Doch statt ihn direkt zu fragen, reagiere ich völlig blöd.

»Deine Frau ist Amerikanerin?«

Sascha nickt.

»Aber wenn ihr nach Amerika geht, was passiert dann mit eurer Firma?«

»Nicht wir gehen nach Amerika. Nur sie und die Kinder. Die Firma wird verkauft.«

»Warum?«

Sascha beißt sich auf die Unterlippe. »Da kommt dir keine Idee?«

Ich schüttele den Kopf.

»Die Arbeit als IT-Hansel frustriert mich schon lange. Und Melanie hat einen Mann verdient, der sie aufrichtig liebt. Als sie gemerkt hat, dass ich wieder auf der Suche nach dir bin, hat sie erkannt, dass ich dieser Mann nie sein werde.«

Ich schaue ihn mit großen Augen an. Hat er mir gerade gesagt, dass er und seine Frau sich trennen, weil er mich noch immer liebt? Stimmt es, dass er nie damit aufgehört hat?

»Vicky, dein Telefon klingelt. Willst du nicht rangehen?«

Wie ferngesteuert greife ich in meine Hosentasche.

»Kampen.«

»Frau Doktor, Ruben ist nicht vor, sondern in Ihrem Haus und weigert sich mit Händen und Füßen rauszukommen. Was soll ich jetzt machen?«

»Bitte? Wie ist er denn hineingekommen?«

»Ich weiß es nicht. Alle Türen und Fenster sind verschlossen. Was soll ich nur tun? Darf ich einen Schlüsseldienst beauftragen?«

Ich bitte sie um einen Moment Bedenkzeit und berichte Sascha, was ich gerade erfahren habe. »Würdest du mich nach Hamburg fahren?«

Er stimmt sofort zu.

Windhose

Trude

Nie hätte ich gedacht, wie gut mir so ein Wellnesstag tut. Und Spaß hab ich auch. Mara und Irina sind einfach zum Piepen. Ich habe mich von ihnen zu einem letzten Saunagang überreden lassen. Wir sitzen auf Holzbänken und schwitzen, während draußen das schlimmste Wetter herrscht. Durch ein deckenhohes Fenster können wir auf die Strandpromenade hinaussehen. Für die wenigen Leute, die draußen gegen den Wind kämpfen, sind wir nicht sichtbar.

»Ich werde verrückt. Schaut doch nur! Ein Tornado direkt über dem Wasser«, ruft Irina und springt auf. Mara und ich rücken näher ans Fenster.

»Das ist eine Windhose«, verbessere ich Irina, die sich vor lauter Entsetzen die Hand vor den Mund schlägt.

»Ich denke an unsere Männer. Vor meinem inneren Auge stellen sich gerade schreckliche Bilder ein. Ob sie sich wohl rechtzeitig in Sicherheit gebracht haben?«

Sie verlässt die Sauna, um einen erneuten Versuch zu unternehmen, ihren Thomas anzurufen.

Schon nach zwei Minuten kommt sie zurück und schüttelt

den Kopf. »Ich werde mich jetzt anziehen und zum Jachthafen gehen. Irgendjemand wird doch wohl Funkkontakt zur Melody herstellen können.«

Mara verzieht das Gesicht. Sie ist noch nicht gewillt, den Beautytag zu beenden. Ich kann Irinas Sorge verstehen und biete ihr an, sie zu begleiten.

»Also gut, dann gehen wir halt alle«, knurrt Mara und schließt sich uns mürrisch an.

Wir verlassen das Gebäude und werden prompt von einer Windböe erfasst. Im letzten Moment greift Irina unter meinen Arm. Ihr blitzschnelles Handeln sorgt dafür, dass ich nicht zu Fall komme. Der Schreck steckt mir noch immer in den Gliedern, als ich meinen Wagen aufschließe und die beiden einsteigen lasse.

»Draußen ist es ja lebensgefährlich«, schimpft Mara und schlägt vor, sofort nach Hause zu fahren. »Wir müssen doch nicht persönlich im Büro der Charterfirma aufschlagen. Es reicht doch, wenn wir dort anrufen und uns telefonisch erkundigen.«

Irina ist einverstanden und so kutschiere ich uns auf direktem Weg zum Küstenwanderweg.

Die beiden flitzen in Windeseile die Treppe hinauf, während ich mich vorsichtig an der Hauswand entlanghangele. Ich suche Schutz unter dem Balkon und will gerade meinen Schlüssel ins Schloss stecken, als ich bemerke, dass auf der Fußmatte ein Paket liegt. Ich bücke mich und hebe es auf.

Erst als ich mich in der Küche auf den Stuhl fallen lasse, begutachte ich den feuchten Karton genauer. Was für ein hübsches Geschenkpapier, denke ich und wickle das Präsent vorsichtig aus, ohne den Bogen zu zerreißen. Neugierig hebe ich den Deckel. Als ich erkenne, dass es sich um zwei Flaschen Original Calvados handelt, jauchze ich laut auf. »Mein Schatz ist gekommen!«

Hätte er doch vorher Bescheid gegeben, dann wäre ich zu Hause geblieben. Wo mag er jetzt sein? Bestimmt wird er zu Marlies gegangen sein, um sich vor dem Sturm in Sicherheit zu bringen.

Ich rufe sofort bei ihr an. Als sie sich meldet, platzt es aus mir heraus: »Ist Jean-Maurice bei dir?«

»Wie kommst du denn darauf?«

»Ich bin gerade nach Hause gekommen und habe zwei Flaschen seines Obstbrandes vor meiner Tür gefunden. Wenn er nicht bei dir ist, wo kann er sonst sein?«

»Vielleicht ist er zum Dorfkrug spaziert und wärmt sich bei Hilde auf.«

»Spaziert? Hast du heute schon mal einen Fuß vor die Tür gesetzt? Nicht? Dann lass es besser. Also gut, ich leg jetzt auf und fahr ihn suchen.«

Besser, ich schließe meine Tür nicht ab. Sollten wir uns wieder verpassen, dann kommt er wenigstens rein.

Der Ort wirkt wie ausgestorben. Dort, wo sich am Morgen noch unzählige Touristen getummelt haben, herrscht jetzt Menschenleere. Kein Wunder. Wer geht bei diesem Wetter schon freiwillig auf die Straße?

Ich mobilisiere meine letzten Kraftreserven und kämpfe mich vom Parkplatz ins Gasthaus.

Mein Blick wandert hinüber zu den wenig besetzten Tischen. Auch am Tresen kann ich Jean-Maurice nicht entdecken. Noch bevor die Wirtin auf mich aufmerksam wird und mir neugierige Fragen stellen kann, verlasse ich das Lokal.

Und jetzt? Jetzt werde ich umkehren und zu Hause auf ihn warten.

Ich fahre im Schritttempo und schaue suchend aus dem Fenster. Nanu? Das ist doch … oder etwa nicht?

Aufgeflogen

Tori

Bis Reinbek hat es ununterbrochen geschüttet. Kurz vor Hamburg ist es nur noch stark bewölkt. Sascha setzt den Blinker. Wir verlassen die Autobahn an der richtigen Ausfahrt und ich wundere mich, wie es sein kann, dass er den Weg findet, ohne mich zu fragen oder das Navi zu bemühen.

»Ich bin schon häufiger durch deine Straße gefahren, in der Hoffnung, dass du aus dem Haus kommst und ich einen Blick auf dich werfen kann.«

Als wir in meine Wohnstraße einbiegen, erkenne ich Rubens Oma. Sie lehnt an ihrem Wagen und blickt schuldbewusst auf, als wir vorfahren. Ich steige aus und gehe auf sie zu.

»Es tut mir so leid, dass Sie extra Ihren Urlaub für uns unterbrechen mussten. Wie ist der Bengel nur in Ihr Haus gekommen?«

Das würde mich auch brennend interessieren. Ich bitte die Großmutter, mich erst allein hineingehen zu lassen. Bevor Ruben ihre Standpauke zu hören bekommt, will ich erst in Ruhe mit ihm sprechen.

Ich muss den Schlüssel nur um fünfundvierzig Grad drehen, dann springt die Tür bereits auf. Es war nicht abgesperrt, obwohl ich genau weiß, dass ich bei unserer Abfahrt zweimal abgeschlossen habe.

Ich finde den Kleinen völlig verängstigt in meinem Besprechungszimmer vor. Er kauert in der Ecke des Raumes und schaut mich mit seinen großen Augen an.

»Hey«, rufe ich ihm zu, ziehe meinen Mantel aus und setze mich auf den Drehstuhl hinter meinen Schreibtisch. »Jetzt bin ich da, und wir können reden.«

»Sie sind bestimmt sauer auf mich, aber ich habe gedacht, dass Sie mich angelogen haben.«

»Ich bin nicht sauer. Ich möchte nur wissen, wie du ins Haus gekommen bist.«

»Na, durch die Tür. Als wir telefoniert haben, hat sie sich geöffnet. Ich habe aufgelegt, bin reingerannt und habe Sie gesucht. Dann hat jemand die Haustür zugeknallt und ich habe mich versteckt.«

»Verstehe«, antworte ich, obwohl ich ihm diese Räuberpistole nicht abnehme. »Willst du nicht aus der Ecke kommen? Du könntest mit mir in die Küche gehen und wir beide trinken ein Glas Limonade.«

»Sie sind wirklich nicht böse auf mich?«

»Wenn ich es doch sage.«

Ich gehe in den Flur und werfe einen Blick auf das Schlüsselbord. Der Reserveschlüssel fehlt und mir wird augenblicklich klar, wie Ruben ins Haus gekommen ist. Er muss sich den Schlüssel nach seiner letzten Therapiestunde in dem Moment gemopst haben, als ich abgelenkt war, um Thomas und Irina zu begrüßen.

Ich öffne den Kühlschrank und stelle fest, dass ich mein Angebot vorschnell ausgesprochen habe. »Wir haben gar keine Brause, aber Saft. Magst du?«

Er nickt stumm. Ich schenke zwei Gläser ein und stelle sie auf den Tisch. Ruben greift sofort zu und trinkt den Inhalt in einem Zug.

Ich nippe nur am Glas und warte darauf, dass er mir erzählt, was ihm auf der Seele liegt.

»Können Sie nicht dafür sorgen, dass ich zu meiner Tante komme? Ich will nicht bei Oma wohnen. Sie ist so streng und außerdem riecht es so eklig bei ihr.«

»Klar kann ich mit deiner Tante sprechen, aber nicht heute. Deine Großmutter steht schon länger als eine Stunde draußen und wartet auf dich. Sie muss dich sehr lieb haben, sonst würde sie das nicht tun. Ich gehe jetzt zu ihr und sage, dass du gleich nachkommst. Okay?«

»Kann ich nicht hierbleiben?«

Ich schaue ihn an. »Ganz allein? Ich werde nicht da sein, denn ich fahre gleich wieder zurück.«

»Wohin fahren Sie denn?«

»Ich mache Urlaub an der Ostsee.«

»Da war ich auch schon einmal. Dort haben Mama und ich am Strand Seesterne gesucht.«

»Dann werde ich morgen auch an den Strand gehen und welche suchen. Wenn ich einen finde, bringe ich ihn für dich mit.«

Er strahlt und ich muss wieder gegen meinen Drang ankämpfen, ihn zu umarmen. Ich erlaube mir, ihm zärtlich über den Kopf zu streicheln.

Er greift nach meiner Hand. »Sagen Sie meiner Oma, dass sie nicht mit mir schimpfen soll.«

Ich verspreche es.

Zusammen gehen wir hinaus.

»Steig schon mal ein«, bitte ich Ruben und wende mich an seine Großmutter. Noch bevor ich etwas sagen kann, ergreift sie das Wort. »Der Bengel raubt mir den letzten Nerv.«

Schon wieder nennt sie ihn *Bengel* und macht mich damit richtig wütend. Aber ich bewahre Haltung und sage: »Nach meinem Urlaub müssen wir beide dringend miteinander reden.

Ich bin mir sicher, wir finden eine Lösung. Bis dahin bitte ich Sie, ihm keine Vorhaltungen zu machen. Er hat es doch schon schwer genug, oder?«

»Was für ein Drachen«, ereifert Sascha sich kopfschüttelnd, als die beiden abfahren. »Ich dachte immer, Großmütter seien besonders liebevoll und nachsichtig. Das ist diese Frau eindeutig nicht.«

»Sie ist überfordert. Außerdem hat sie keine enge Bindung zu dem Jungen, denn sie kennen sich erst kurze Zeit. Es ist ein Drama. Aber nun komm doch rein. Ich möchte dir mein Zuhause zeigen.«

Kommentarlos folgt Sascha mir bei der Hausbesichtigung.

Ein wenig mehr Begeisterung hätte ich schon von ihm erwartet. Unser Zuhause ist vorzeigbar und Konstantins ganzer Stolz. Die Einrichtung ist von schlichter Eleganz und hoher Qualität. Darauf legt mein Mann allergrößten Wert. Deutlich mehr Wert als ich. Für ihn ist unser Zuhause der Ort, an dem er zeigen kann, wie weit er es beruflich gebracht hat, trotzdem verbringt er seine Zeit lieber in der Firma als hier.

»Oben befinden sich unser Schlafzimmer, das Bad und zwei weitere Räume, aber die dienen uns derzeit nur als Abstellfläche. Irgendwann …«

Sascha unterbricht mich. Es ist ihm anzusehen, dass er sich hier unwohl fühlt. »Auf eine weitere Begehung verzichte ich. Können wir langsam los?«

»Wenn ich schon mal da bin, will ich mir einen dicken Pullover mitnehmen. Warte eine Sekunde, ich bin gleich wieder da.«

Ich stürze ins Schlafzimmer und öffne den Schrank, entscheide mich kurzerhand um und nehme statt eines Pullis eine Strickjacke aus dem Fach. Noch im Hinausgehen fällt mir auf, dass etwas nicht stimmt. Ich gehe noch einmal zurück und starre gebannt auf das Bett. Wieso ist es zerwühlt?

Bis zur Autobahn spreche ich kein Wort.

»Was geht dir durch den Kopf, Vicky? Denkst du an den Kleinen?«

Ich nicke und greife mir gedankenversunken ans Kinn. »Das Beste wird sein, wenn ich ihn an einen Kollegen überweise. Ich habe mich unprofessionell verhalten und zugelassen, dass wir uns näherkommen, als es erlaubt ist.«

»Es war nicht zu übersehen, dass du tiefe Gefühle für ihn hegst. Die Art, wie du ihn angesehen hast, hat dich verraten.«

»Ruben hat in meinem Bett gelegen. Er klammert sich an mich wie an einen Strohhalm. Vermutlich sieht er einen Muttersatz in mir.«

»Was ist dem Kleinen widerfahren? Oder darfst du nicht darüber sprechen?«

»Er ist bei seiner drogenabhängigen Mutter aufgewachsen. Sie hat sich den goldenen Schuss gesetzt und Ruben hat sie gefunden. Tagelang war er mit dem Leichnam allein in der Wohnung. Erst als seinen Lehrern aufgefallen ist, dass er unentschuldigt fehlt, hat sich das Jugendamt eingeschaltet.«

»Wie traurig. Die Tatsache, dass so viele Kinder in unserer Wohlstandsgesellschaft leiden, ist kaum zu ertragen.«

»Ja, für das, was ich beruflich täglich zu Ohren bekomme, braucht man schon ein dickes Fell.«

»Aber das hast du doch gar nicht. Du bist der sensibelste Mensch, den ich kenne.«

Sascha sieht mich durch die rosarote Brille. In seiner Wahrnehmung bin ich noch immer die neunzehnjährige, feinfühlige Naturschönheit, mit der er nicht nur musikalisch harmoniert hat. Aber das bin ich doch längst nicht mehr.

Ich lasse mich von ihm zum Strandhaus bringen.

»Kommst du noch mit hoch?«

Er schaut auf Maras Wagen und verneint. »Wollen wir unseren Besuch bei Justine und Olivier morgen nachholen?«

»Auf jeden Fall.« Ich beuge mich vor und küsse ihn zärtlich auf die Wange. »Danke, dass du mich gefahren hast.«

»Das war doch nichts. Ich würde gern viel mehr für dich tun.«

Ich grinse. »Was schwebt dir denn vor?«

»Dich rundum glücklich zu machen.«

Eine schöne Vorstellung, denke ich. Ja, lass uns die Zeit einfach zurückdrehen. Aber weil ich weiß, dass das nicht geht, gebe ich mich mit der Gegenwart zufrieden.

Sascha fährt ab und ich winke ihm noch nach, als Trude um die Ecke kommt.

»Ach, Sie sind es.« Es klingt eher wie: Ach, Sie sind es nur. »Ich dachte, es wäre mein Besuch aus Frankreich. Sagen Sie, Tori, hat sich bei Ihnen ein Mann gemeldet, der zu mir wollte? Ein stattlicher Bursche in meinem Alter. Er spricht Deutsch, aber mit starkem Akzent.«

»Tut mir leid, Trude. Ich bin gerade aus Hamburg zurückgekommen. Vielleicht hat sich Ihr Gast bei Mara und Irina gemeldet. Kommen Sie doch mit hinauf und fragen Sie sie.«

Ich erlaube mir einen Scherz und rufe beim Eintreten aus voller Brust: »Huhu, ich bin wieder da.«

Meine Freundinnen hocken vor dem Fernseher. Mara nimmt die Füße vom Tisch und stellt den Kasten sofort aus, als sie mich in Begleitung von Frau Kaufmann kommen sieht.

»Ich störe nicht lange«, entschuldigt Trude sich. »Ich will nur wissen, ob heute jemand nach mir gefragt hat.«

Irina und Mara zeigen sich ahnungslos. Sie schütteln simultan die Köpfe.

»Bei uns hat sich niemand gemeldet«, erklärt Mara und weist mich im gleichen Atemzug darauf hin, dass mir ein absolutes Wellness-Highlight entgangen sei.

Trude und Irina stimmen ihr zu. Die drei schwärmen in höchsten Tönen von ihren Behandlungen.

Ein Handy kündigt den Eingang einer Kurzmitteilung an.

»Das wird das Charterunternehmen sein. Ich habe um Rückmeldung gebeten«, erklärt Irina und greift zu ihrem Smartphone. »Falsch. Es ist eine SMS von Laura. Es geht ihr gut. Das ist erfreulich, aber wann meldet sich endlich der Eigner der Melody zurück? Seit Stunden warte ich auf Nachrichten.«

»Die Melody liegt doch längst wieder im Hafen. Ich selbst habe das Boot gesehen, als ich vorhin an der Marina vorbeigefahren bin«, mischt Trude sich ein. Sie schaut sich um und fragt: »Sind Ihre Männer denn noch nicht wieder da?«

»Bitte?«, frage ich irritiert.

»Sind Sie sich sicher?«, will Irina wissen.

»Nun, ich würde es nicht beschwören, aber ich bin mir ziemlich sicher«, erklärt Trude.

»Wenn das Boot wieder im Hafen liegt, wo sind dann unsere Kerle?«, erbost Mara sich.

Irina ruft bei Thomas an. »Mailbox.«

»Vielleicht habe ich mich auch geirrt«, gibt Trude kleinlaut zu bedenken.

»Das werden wir in wenigen Minuten genau wissen«, pöbelt Mara, nimmt ihren Autoschlüssel in die Hand und stürmt aus dem Haus.

Ich reagiere weniger impulsiv und rufe bei Konstantin an. »Freizeichen«, lasse ich erfreut verlauten. Es klingelt einmal, zweimal, dann werde ich weggedrückt.

»Da stimmt doch was nicht«, fasst Irina treffend zusammen.

»Hätte ich nur meinen Mund gehalten«, stammelt Trude und tritt den Rückzug an.

Mehr als eine halbe Stunde ist vergangen, als Irina aus heiterem Himmel schimpft: »Die verarschen uns doch nach Strich und Faden. Mara hatte ganz recht mit ihrer Vermutung. Von wegen Männertour nach Kopenhagen. Die haben uns eiskalt abserviert, um sich mit irgendwelchen Tussis zu vergnügen. Nur zu dumm, dass sie nicht mit dem Sturm gerechnet haben.«

»Kopenhagen?«, tönt es aus dem Flur. Mara ist zurück und auf hundertachtzig. »Die Männer hatten nie vor, nach Kopenhagen zu segeln. Sie haben auch nicht die Melody gechartert. Mit den Leuten, die das Boot tatsächlich gemietet haben, habe ich gerade gesprochen. Es handelt sich um eine Familie aus dem Schwarzwald, die mit ihren Kindern auf dem Boot ihre Silberhochzeit feiern.«

Wir drei schauen uns ratlos an.

»Und wo sind sie dann?«, fragt Irina.

Ich hebe die Hand und bitte die beiden, mir einen Moment Ruhe zu gestatten, damit ich meine Gedanken ordnen kann. Es gilt, viele Puzzleteile zusammenzufügen, bis sie ein ganzes Bild ergeben. Ruben hat behauptet, unser Auto hätte vor der Tür gestanden. Nur deshalb ist er davon ausgegangen, dass ich zu Hause bin. Als Sascha und ich in Hamburg angekommen sind, stand unser Wagen nicht mehr da. Die offene Tür, durch die der Kleine sich Einlass verschafft hat, kann auch von Konstantin geöffnet und wieder zugeklappt worden sein. Er ist es dann ebenfalls gewesen, der im Ehebett geschlafen und die Kissen zerwühlt hat.

»Wo sie sind, kann ich euch sagen. Die drei treiben sich in Hamburg rum. Die haben uns hier in ausreichendem Sicherheitsabstand geparkt, damit sie zu Hause ohne uns die Sau rauslassen können.«

»Ich hätte gleich stutzig werden müssen, als ich bemerkt habe, dass Thomas seine Linda nicht mitgenommen hat«, schimpft Irina.

»Das war hundertprozentig Alex' Idee. Er hat eure Männer dazu angestiftet.«

»Wessen Idee es letztendlich gewesen ist, interessiert mich nicht die Spur, Mara. Konstantin hat mitgemacht und das zeigt mir deutlich, was ich davon zu halten habe.«

Marie-Therese

Trude

Ich habe die ganze Nacht vergebens gewartet. Jean-Maurice ist nicht gekommen. Mittlerweile beruhige ich mich mit der Erklärung, dass er womöglich nur jemandem, der in meiner Nähe wohnt, den Karton mitgegeben hat, um ihn bei mir abzugeben. Ich hasse dieses Telefonverbot. Ein kurzer Anruf, eine beiliegende Karte oder eine Nachricht per Mail hätten genügt, um mir diese Aufregung zu ersparen.

Vor dem Fenster meines Schlafzimmers erledige ich gerade meine morgendlichen Kniebeugen, als ich sehe, dass Saschas Wagen vorfährt. Er wartet bei laufendem Motor auf Tori, die kurz darauf einsteigt und mit ihm auf und davon rauscht. Ich kann mich des Eindrucks nicht erwehren, dass seine Bemühungen doch noch von Erfolg gekrönt sein werden. Zwischen den beiden könnte es tatsächlich klappen, obwohl ich zu Beginn wenig Hoffnung hatte.

Kurz darauf klopft es an meine Tür. Es ist Irina, für die ich meine Gymnastikübungen unterbreche.

»Mara lässt fragen, ob Sie wieder mit uns ins Spa kommen möchten. Wir haben uns vorgenommen, alle Gutscheine auf den Kopf zu hauen. Da Tori kein Interesse hat und lieber mit Herrn Feldenbach ein Konzert besucht, sind noch genug übrig. Wäre doch schade, wenn sie verfallen.«

»Nett, dass Sie an mich gedacht haben. Aber ich verzichte. Macht ihr Mädels euch einen schönen Tag.«

Während sich meine weiblichen Feriengäste amüsieren, kümmere ich mich um die Schäden, die der Sturm in meinem Garten angerichtet hat. Weder die gefüllten Stockrosen noch die selbst gezogenen Sonnenblumen haben Windstärke zehn überstanden.

»Das ist zwar schade, aber nun lässt es sich nicht mehr ändern«, stammele ich leise vor mich hin und schneide die umgeknickten Stiele mit meiner Rosenschere ab. Mit einem Arm voll Blumen kehre ich ins Haus zurück.

Ich suche gerade eine geeignete Vase, als jemand ruft: »*Allô*, ist jemand da?«

Erstaunt drehe ich mich um. »Wollen Sie zu mir?«, frage ich die junge Frau.

»Sind Sie Madame Kaufmann?«

Ich nicke.

»Isch bin Marie-Therese.«

Natürlich ist sie das. Wie könnte ich daran zweifeln? Oft genug hat Jean-Maurice mir Fotos seiner Lieblingsenkeltochter gezeigt.

»Isch war gestern schon einmal ’ier, aber es war niemand zu ’ause.«

Ich strahle über das ganze Gesicht, denn ich freue mich über ihren Besuch, obwohl ich lieber ihren Großvater begrüßen würde.

»Komm rein und setz dich. Bist du auf Urlaub hier oder was führt dich zu mir?«

Sie nimmt auf der Eckbank Platz und schaut mich stumm an. Als sie nach einer gefühlten Ewigkeit noch immer kein Wort herausbringt, befürchte ich, dass sie gekommen ist, um mir die schlimmste aller Nachrichten zu übermitteln.

»Am Freitag letzter Woche ist er ganz leise eingeschlafen. Es war sein Wunsch, dass isch komme, um es Ihnen persönlisch zu sagen.«

Ich schlage mir die Hände vors Gesicht. »Nein, bitte nicht!«, schluchze ich aus voller Brust.

Sie streicht mir tröstend über die Schulter. »Weinen Sie ruhig. Vor mir müssen Sie sisch nicht schämen.«

Ich suche in meiner Hosentasche nach einem Taschentuch, doch bevor ich fündig werde, reicht Marie-Therese mir ein Päckchen Papiertaschentücher.

»Wurde er schon beerdigt?«

Sie nickt. »Es tut mir leid. Bestimmt wären Sie gern zur Beisetzung gekommen, aber meine Großmutter …«

»Schon gut, ich verstehe«, schniefe ich und umklammere ihre Hand. Sie zu berühren ist so, als wäre Jean-Maurice noch nicht ganz gegangen.

Sie schaut auf die Uhr. »Isch fürchte, isch muss Sie schon wieder verlassen. Mein Zug fährt in zwei Stunden.«

Mir fällt das Versprechen ein, das ich Jean-Maurice gegeben habe. Ich musste ihm schwören, nicht zu weinen, sondern zu feiern und mich in Liebe an unsere schöne Zeit zu erinnern, wenn der Tag gekommen ist. »Kannst du nicht noch bleiben? Ich werde zu seinem Gedenken die wenigen Freunde, die mir geblieben sind, einladen und all seine Leibspeisen kochen.«

Sie lächelt. »Eine nette Idee, das ’ätte ihm bestimmt gefallen, aber isch kann nischt. Isch muss dringend zurück. Es gibt so viele Dinge zu regeln, bei denen isch meiner Familie zur Seite stehen muss.«

»Dann erlaube mir wenigstens, dich zum Bahnhof zu fahren.«

Sie stimmt zu.

In vollen Zügen

Tori

Im Cupholder stehen zwei Pappbecher mit heißem Cappuccino, und beim Einsteigen habe ich auf der Rückbank eine Tüte vom Bäcker entdeckt. Der Duft frischer Semmeln wird jedoch durch Saschas Aftershave übertüncht. Wieso benutzt er Rasierwasser, wenn er sich gar nicht rasiert? Sein dunkler Bartschatten hat sich im Laufe der letzten Tage zu einem dichten Vollbart entwickelt.

Ich greife an sein Kinn. »Hast du vor, Rasputin Konkurrenz zu machen?«

Verschämt schaut er in den Rückspiegel. »Ich habe meinen Rasierapparat zu Hause vergessen. Nun sind die Barthaare zu lang, um mich nass zu rasieren. Wenn es dich stört, fahre ich den nächsten Herrenfrisör an.«

Ich widerspreche vehement. »Untersteh dich, du siehst toll aus.«

»Das sind eigentlich die Worte, die ich dir sagen wollte. Du siehst umwerfend aus. Hast du dich für mich oder für Justine und Olivier so in Schale geworfen?«

Sein Kompliment lässt mich erröten. Ich wiegele ab. »Das Kleid ist doch uralt.«

»Früher hast du nie Kleider getragen. Es war ein Fehler, deine schönen Beine in Jeans zu verstecken.«

»Hör auf, mir Honig um den Mund zu schmieren. Du machst mich ja komplett verlegen. Und schau gefälligst nach vorn und nicht auf meine knubbeligen Knie!«

Sascha stellt das Radio an. Nach den Nachrichten und der nicht endenden Verkehrsdurchsage fragt er, ob er eine CD einlegen soll.

»Ja, Musik klingt gut«, antworte ich. Kurz darauf greift er ins Handschuhfach. Die Juwelbox, die er herauszieht, ist völlig verkratzt. Kein Wunder, denn die *Kuschelrock 15* ist ein Original aus dem Jahr 2001. Wenn es Saschas Absicht gewesen ist, mich mit der Musik in unsere gemeinsame Vergangenheit zurückzubeamen, dann ist es ihm gelungen. Zum Gesang von Robbie Williams, Bon Jovi und Roxette nähern wir uns unserem Ziel. Gerade als Laith Al-Deen seinen Hit *Bilder von dir* anstimmt und mir mit seinem Gesang eine Gänsehaut bereitet, klingelt mein Handy.

Ich verziehe das Gesicht. »Das ist Konstantin. Der fehlt mir gerade noch«, raunze ich griesgrämig und drücke ihn weg, genau wie er es gestern bei mir gemacht hat.

»Du nimmst seinen Anruf nicht an?«

»Ich habe keine Lust, mir seine Lügen anzuhören.«

»Wieso vermutest du, dass er dich anlügen wird?«

»Weil ich es bereits weiß. Unsere Männer sind aufgeflogen. Sie waren nicht auf der Melody und hatten nie vor, nach Kopenhagen zu segeln. Das Ganze war ein von langer Hand eingefädelter Schwindel. Mara, Irina und ich wurden nach allen Regeln der Kunst veräppelt. Ich habe eine Stinkwut auf ihn.«

Ich weiß nicht, warum Sascha jetzt grinst. »Veräppelt? Du sagst *veräppelt*, wenn du stinksauer bist?«

»Was hätte ich denn deiner Meinung nach sagen sollen?«

Sascha überlegt nicht lange. »Nach dem, was sich dein Mann und seine Kumpels geleistet haben, würde ich von dreister Verarschung sprechen. Wie habt ihr es denn so schnell herausgefunden?«

Noch bevor ich Sascha erzählen kann, wie wir den Männern auf die Schliche gekommen sind, erhalte ich eine SMS von meinem verlogenen Gatten.

Ruf mich an. LG Konstantin

»Leg dich gehackt! Ich bin an deinen Ausreden nicht interessiert«, fluche ich laut und stelle mein Handy aus.

Sascha schaut mich verwundert an. So eine Wortwahl hat er mir wohl nicht zugetraut. »Ja, ich kann auch anders«, rechtfertige ich mich.

»Ich verstehe, dass dich sein Verhalten kränkt. Willst du darüber reden?«

Bitte? Erwartet er wirklich, dass ich ausgerechnet ihm meine Sorgen und Zweifel anvertraue? Ich soll ihm sagen, dass meine Ehe nur noch aus Routine besteht, ich seit Monaten vergeblich auf ein nettes Wort oder eine liebevolle Geste von meinem Mann warte? Nein, dieses Thema werde ich ganz sicher nicht mit Sascha besprechen. Er wäre ohnehin nicht objektiv und würde meine Gefühlslage vermutlich hemmungslos ausnutzen.

»Vergiss den Anruf. Ich will den Tag mit dir in vollen Zügen genießen.«

»Das ist ein Vorsatz, dem ich zu hundert Prozent zustimme.«

Direkt vor dem Ratzeburger Dom herrscht akute Parkplatznot. Nach einer fünfzehnminütigen Suche landen wir weitab vom Veranstaltungsort und haben einen entsprechend langen Fußmarsch vor uns.

»Schaffen wir es noch rechtzeitig?«, frage ich ungeduldig.

Sascha schaut auf die Uhr und schlägt vor, die Beine in die Hand zu nehmen, was mir angesichts der hohen Absätze schwerfällt.

»Spring auf«, schlägt er wenige Meter weiter vor und macht einen Buckel.

»Du willst mich Huckepack tragen?«, lache ich ihn aus und lehne seinen Vorschlag kopfschüttelnd ab.

Es kommt, wie es kommen musste. Wir sind zu spät und werden nicht mehr hineingelassen.

»Schöner Mist«, schimpfe ich, als im Inneren des Doms die ersten Töne erklingen.

Sascha breitet seine Jacke aus und schlägt vor, das Konzert mit den zahlreichen Zaungästen im Freien zu genießen.

»Aber ich wollte die beiden so gerne wiedersehen.«

»Das wirst du. Sie freuen sich schon sehr darauf, uns später zu treffen.«

Ich lasse mich vor ihm zu Boden fallen und schmiege mich mit dem Rücken an seine Brust. Er legt schützend seine Arme um mich. Sollte ich mich nicht gewaltig täuschen, küsst er gerade mein Haar.

»Justine und Olivier spielen wundervoll. Noch schöner als in meiner Erinnerung«, schwärme ich.

Sascha streichelt sanft über meine Arme und seufzt: »So hätten wir auch klingen können, wenn …« Er bricht mitten im Satz ab. Nicht etwa, weil ihm die Worte fehlen, sondern weil die Leute um uns herum uns mit bösen Blicken signalisieren, endlich still zu sein.

Wir genießen das Konzert schweigend.

Mit tosendem Applaus endet die Vorstellung. Die schwere Eichentür öffnet sich, und das Publikum verlässt mit einem zufriedenen Lächeln im Gesicht das Gotteshaus.

Jetzt ist der Weg frei und wir könnten den langen Gang zur Bühne entlangschreiten, wenn uns nicht ein unfreundlicher Mitarbeiter vom Sicherheitsdienst von unserem Vorhaben abhalten würde.

»Wir haben Karten«, erklärt Sascha.

»Was interessieren mich Ihre Eintrittskarten? Das Konzert ist vorbei.«

»Wir wollen den Pianisten treffen. Er ist ein Freund von uns.«

Der Unsympath baut sich drohend vor uns auf. »Und der Dirigent ist mein Sohn aus erster Ehe. Gehen Sie jetzt, ich will die Tür schließen, oder wollen Sie Ärger?«

Ich hatte völlig vergessen, wie hartnäckig Sascha sein kann, denn er lässt sich von dem Security-Bullen nicht einschüchtern. Mit einer blitzschnellen Bewegung huscht er an dem Muskelprotz vorbei. Noch bevor der Türsteher reagieren kann, ruft Sascha: »Hey, Olivier, wir sind hier.«

Aus einem Pulk schwarzer Anzugträger winkt uns ein Musiker zu. Statt laut zu antworten, deutet er auf seine Armbanduhr. Gleich darauf streckt er eine Hand in die Luft und spreizt alle Finger, was bedeuten soll, dass er in fünf Minuten zu uns nach draußen kommen wird.

Hochzufrieden verlässt Sascha das Gotteshaus. So wie der Typ vom Sicherheitsdienst ihn anschaut, befürchte ich, dass es gleich handfesten Ärger geben wird. Sascha hat ihn durch sein furchtloses Handeln in seiner Berufsehre gekränkt. Doch der Muskelmann schaut nur bitterböse und schließt mit voller Wucht die Tür.

»Ich dachte wirklich, der Kerl würde dir gleich eine verpassen.«

Sascha lacht. »Hattest du etwa Angst um mich?«

Ich fahre mit meinem Zeigefinger über seinen Mund. »Ich will mir gar nicht ausmalen, was passiert wäre, wenn er dich wirklich geschlagen hätte.«

»Stimmt, das wäre wirklich ärgerlich gewesen, denn mit einer aufgeplatzten Lippe könnte ich dich jetzt nicht küssen.«

Er beugt sich hinunter und ich lasse ihn gewähren. Sollte sich nicht etwas in mir sträuben, als sich unsere Lippen berühren? Ich habe nicht die Spur eines schlechten Gewissens. Der

Kuss fühlt sich nicht nur unbeschreiblich gut, sondern auch goldrichtig an.

Mir ist noch ganz schwummerig zumute, als Olivier und Justine laut rufend um die Ecke kommen und uns überschwänglich begrüßen.

»Du hast es geschafft und sie mitgebracht, alter Knabe. Lass dich ansehen, Vicky«, fordert Olivier und unterzieht mich einer eingehenden Musterung.

Justine mischt sich ein. »Meine Güte, ist es schön, dich wiederzusehen. Jetzt ist unser Quartett wieder komplett. Wer hätte das je gedacht?«

Wir beschließen, irgendwo einzukehren und ausgiebig zu quatschen.

Hand in Hand folgen Sascha und ich den beiden in ein Lokal, das in fußläufiger Entfernung direkt am See gelegen ist. Es handelt sich mit Sicherheit nicht um das beste Haus am Platz. Ein Blick in die Gaststube zeigt, dass das Restaurant in die Jahre gekommen ist, aber weder das abgewetzte Mobiliar noch das unspektakuläre Speisenangebot hält uns davon ab, einen freien Platz zu suchen.

Olivier studiert die Getränkekarte. »Was darf ich uns bestellen, *ma chérie*?«, fragt er Justine und wirft ihr einen Blick zu, der jeder Frau die Schuhe ausziehen würde. Ich schaue mir das Ehepaar genauer an, von dem ich weiß, dass sie länger als zwanzig Jahre verheiratet sind. Auf mich wirken sie noch immer verliebt wie am ersten Tag. Was haben sie besser gemacht als Konstantin und ich? Die beiden sind kinderlos wie wir, dennoch scheinen sie im Vergleich zu uns glücklich und zufrieden zu sein.

»Wir sollten unser Wiedersehen mit dem besten Champagner feiern, den das Haus zu bieten hat.«

»Nicht für mich, Justine«, widerspricht Sascha und erklärt, dass wir mit dem Auto gekommen sind.

Wir stoßen alkoholfrei an und erfahren, dass unsere alten Musikerfreunde nun Mitglieder eines festen Ensembles sind.

»Wir gehen bis Ende September auf Tournee, aber sobald wir zurück sind, müsst ihr uns in Paris besuchen.«

»Paris«, sage ich leise vor mich hin. Vermutlich nicht leise genug, denn Sascha hat es gehört. Er legt unter dem Tisch seine Hand auf meinen Oberschenkel und schaut mich fragend an. Erwartet er jetzt wirklich eine Zusage von mir?

Ich rede mich raus. »Klingt nach einer tollen Idee. Mal sehen, ob ich es zeitlich einrichten kann.«

Olivier blinzelt Sascha zu. Sascha hebt stumm die Brauen und zuckt mit den Schultern. Was hat diese nonverbale Kommunikation zwischen den beiden Männern zu bedeuten?

»Worum geht es bei eurem Pantomimenspiel?«, will ich wissen.

»Na, ich gehe fest davon aus, dass ihr beiden, nachdem ihr euch endlich wiedergefunden habt, nicht wieder …«, beginnt Olivier, aber er wird von Justine sofort unterbrochen.

»Lass es gut sein, *mon chéri*. Die Einladung steht. Sie müssen sich ja nicht sofort entscheiden.«

Nach zwei Stunden verlassen wir das Lokal und verabschieden uns voneinander.

»Auf ganz bald«, flüstert mir Justine bei ihrer Umarmung ins Ohr.

»Vermassele es nicht wieder«, rät Olivier mir.

Während sich die beiden Arm in Arm von uns entfernen, schaue ich ihnen beeindruckt hinterher.

»Bemerkenswert, wie liebevoll die beiden miteinander umgehen. Und das nach all den Jahren.«

Sascha hat sofort eine Erklärung parat. »Sie sind halt für einander bestimmt, genau wie wir beide.«

Feldwebel

Trude

Im Mittelalter wurde der Überbringer schlechter Nachrichten getötet. Statt zur Waffe zu greifen, nehme ich Marie-Therese auf dem Bahnsteig fest in den Arm. Ich bedanke mich für ihren Besuch und die Strapazen, die sie meinetwegen auf sich genommen hat. Vor ihr liegt eine anstrengende Rückreise. Für die zwölfhundert Kilometer weite Strecke wird sie dreimal umsteigen müssen und zwölf Stunden unterwegs sein. Vermutlich wird sie erst gegen Mitternacht völlig erschöpft ins Bett fallen. Immerhin wird sie schlafen können, was mir angesichts des Schmerzes in meiner Brust nicht gelingen wird. Ich muss mich dringend ablenken, sonst drohe ich, im Kummer zu versinken.

Ich beschließe, nach Lübeck zu fahren, wo heute der große Wochenmarkt stattfindet. Auf dem Weg dorthin greife ich zu meinem Telefon und rufe bei Marlies an.

»Jean-Maurice ist gestorben«, heule ich verzweifelt in den Apparat. Zu weiteren Erklärungen bin ich nicht fähig. Meine Tränen vernebeln mir die Sicht und ich ziehe es vor, rechts ranzufahren.

Marlies kündigt an, sofort zu mir zu kommen, um mich zu

trösten. »Ich lass dich doch jetzt nicht allein.«

»Komm in zwei Stunden. Dann bin ich wieder da. Du kannst mir beim Kochen helfen. Ich will ein Festmahl zubereiten, genau wie ich es ihm versprochen habe.«

»Heute schon? Bist du sicher?«

»Es muss heute sein, sonst überstehe ich den Tag nicht.«

»Alles klar. Ich werde da sein und du versprichst mir, vorsichtig zu fahren.«

Ich verspreche es. Bevor ich die Fahrt fortsetze, schreibe ich Marius eine SMS. Er soll wissen, was ich zu Ehren des Mannes veranstalte, den er als Kind liebevoll Onkel Jean genannt hat. Mit den Worten *Essen ab acht Uhr* beende ich die Kurzmitteilung. Danach stelle ich mein Handy aus. Ich kann und will seine Beileidsbekundung jetzt nicht entgegennehmen. Nun heißt es einkaufen, aber nicht zu knapp.

Ich brauche Rinderbraten für *bœuf braisé à la Normande*, Ente für *canard à la Rouennaise*, Jakobsmuscheln für *coquilles Saint-Jacques de Granville*, Lammkeule für *gigot d'agneau pré-salé*. Dazu werde ich eine Käseauswahl reichen und zum Dessert warme *tarte aux pommes* zubereiten. Und Getränke? Es wird keinen Wein, sondern Bier geben. Jean-Maurice hat unser herbes Pils geliebt.

Zu Hause angekommen, kümmere ich mich zuerst ums Fleisch. Die Semerrolle erhält gerade eine Marinade aus Cidre und einem Schuss Calvados, als Marlies meine Küche betritt.

Statt mich zu fragen, wie es mir geht, will sie wissen, ob ich beabsichtige, die Freiwillige Feuerwehr zu bekochen. »Mal davon abgesehen, dass du viel zu viel eingekauft hast, würde ich gern wissen, wo du das alles zubereiten willst. Du verfügst hier unten in deiner kleinen Pantry doch nur über einen Backofen und zwei mickrige Herdplatten.«

Marlies hat recht. Ich habe bei meinem Rundgang über den Markt jegliches Maß verloren.

Plötzlich werde ich ganz hektisch. »Aber es muss funktionieren. Ich habe es doch versprochen.«

Meiner Freundin entgeht nicht, dass ich am ganzen Körper zittere. »Setz dich! Ich schenke uns jetzt einen Schnaps ein und danach überlegen wir, wie wir vorgehen.«

Marlies kennt sich bei mir aus. Sie nimmt zwei Gläser aus dem Schrank und füllt sie mit meinem kostbaren Apfelbrand. »Auf dich, du alter Normanne«, ruft sie aus und kippt den edlen Tropfen in einem Zug hinunter. »Und jetzt ran an die Arbeit. Ich übernehme den Gemüseposten.«

Drei Stunden später duftet es schon wunderbar. Das Lamm, das in Rotwein mit Schalotten, Knoblauch und mediterranen Kräutern bei niedriger Temperatur im Ofen schmort, verströmt einen so appetitanregenden Wohlgeruch, dass es Mara und Irina auf meine Terrasse lockt.

Die beiden sind sich einig. »Das riecht ja unanständig gut.«

»Und es wird noch besser schmecken. Haben Sie Lust, mir und meinen Gästen am Abend Gesellschaft zu leisten?«

»Feiern Sie heute Geburtstag, Trude?«, fragt Mara und ich schüttele den Kopf. »Wir gedenken heute eines lieben Menschen und je mehr Leute kommen, desto besser.«

Mit der Antwort geben sich die beiden zufrieden und sagen ihr Kommen zu.

»Können wir helfen?«, erkundigt sich Irina und ich bin mir sicher, dass sie nur aus Höflichkeit fragt. Gerade will ich dankend ablehnen, als Marlies vorprescht und ihr den großen Bräter in die Hand drückt. Mara erhält von ihr eine Flasche Cidre mit den Worten: »Der Topf muss mit Deckel für drei Stunden bei 110 Grad Ober- und Unterhitze in den Ofen. Alle dreißig Minuten bitte mit dem Apfelmost ablöschen. Vielen Dank und bis später.«

Nachdem Marlies meine Feriengäste völlig überrumpelt hat, treten sie sichtlich konsterniert den Rückzug an. Sie verschwinden gerade in dem Moment, als die Landfrauen meinen Garten stürmen. Marlies hat sie ohne mein Wissen informiert. Sie haben Stühle, Tische, Geschirr und Bestecke mitgebracht. Hilde, die Wirtin meiner Stammkneipe, ist auch dabei. Sie rollt ein Dreißigliterfass Bier über den Rasen. Statt mir mit Trauermienen ihr Mitgefühl auszudrücken, bauen sie vor meinen staunenden Augen eine lange Tafel auf. Ehe ich mich versehe, werden Decken ausgebreitet, Teller, Gläser und Windlichte auf dem Tisch platziert und die Schankanlage in Betrieb genommen.

»Wann soll es denn losgehen?«, will Hilde wissen.

Marlies antwortet für mich. »So gegen acht, aber nun verzieht euch. Trude und ich haben noch reichlich zu tun!«

Ich staune. »An dir ist ein Feldwebel verloren gegangen. Meine Güte, Marlies … Ich weiß gar nicht, was ich sagen soll. Mir fehlen die Worte.«

Sie lacht laut auf. »Du und sprachlos? Dass ich das noch erleben darf.«

Amor … Amor

Tori

Wir sind aus Ratzeburg zurück und passieren gerade den Marktplatz, als Sascha mich fragt, ob wir den Abend in seinem Hotel verbringen wollen.

»Wir könnten lecker im Restaurant speisen und anschließend auf dem Balkon den Champagner trinken, den ich vorhin ausschlagen musste.«

Ich schüttele den Kopf. Bis jetzt habe ich mir nichts vorzuwerfen und ich möchte, dass es so bleibt. »Besser nicht.«

»Hast du Angst, ich könnte dir zu nahe kommen?«

»Du weißt, dass es darauf hinauslaufen würde, und ich bin mir nicht sicher, ob ich dir widerstehen könnte.«

Er grinst. »Mit anderen Worten, du empfindest genau wie ich?«

Was meine Gefühle angeht, bin ich zu keiner Äußerung fähig. Ich weiß nur, dass ich liebend gern mit ihm zusammen bin und ich ihn nicht wieder verlieren will. Nicht noch einmal.

»Lass uns zum Strandhaus fahren. Auch dort können wir den Abend zusammen verbringen.«

»Aber in Anwesenheit von Mara und Irina darf ich dich bestimmt nicht küssen.«

»Dann tu es jetzt«, lache ich und strecke ihm fordernd meinen Kopf entgegen.

Der Kuss ist nur ein flüchtiger Schmatzer.

»Was geht denn da ab?«, fragt Sascha und deutet auf die vielen Fahrzeuge, die im Küstenwanderweg parken.

Schon beim Aussteigen hören wir laute Musik.

»Julio Iglesias?«, frage ich grinsend. »Das kommt bestimmt nicht oben aus der Wohnung.«

Wir laufen die Treppe hinauf. Ich rufe: »Mara, Irina? Seid ihr da?«

Obwohl ich sie lachen höre, fehlt von ihnen jede Spur. Ich öffne die Balkontür und schaue über die Brüstung. Wortlos winke ich Sascha zu mir.

»Das musst du sehen«, flüstere ich und kann mir das Lachen nicht verkneifen. An einem langen Tisch sitzen sich ausschließlich Seniorinnen gegenüber. Unter ihnen entdecke ich auch meine Freundinnen, die sich offensichtlich prächtig amüsieren.

»Einfach göttlich, Trude«, höre ich Mara rufen, die löffelweise Essen in sich hineinschaufelt.

»Auf Jean-Maurice«, grölt ein Grauschopf und hebt das Glas.

»*Amor … Amor … Amor*«, stimmt eine Frau an, die mir irgendwie bekannt vorkommt. Natürlich, das ist die *Barhockerin*, die Mara und ich vor einigen Tagen am Tresen des Dorfkruges getroffen haben. »Komm, lass uns tanzen«, fordert sie Trude auf und bewegt sich mit einem Hüftschwung auf die Hausherrin zu.

»Sie müssen unbedingt den Rinderbraten probieren. Den habe ich in der Ferienwohnung für Ihre Großmutter zubereitet«, erklärt Irina einem jungen Mann. Dem einzigen in der Runde.

»Sagen Sie Marius.«

»Gern, ich heiße Irina.«

»Wollen Sie tanzen, Irina?«

»Aber immer«, lacht sie und erhebt sich. Während sie sich zu den Klängen des Oldies dreht, wandert ihr Blick zu uns hinauf. »Kommt runter! Los, Tori, nun macht schon. Hier steigt gerade eine Riesenfete.«

»Warum nicht«, antwortet Sascha und zieht mich am Arm.

Als wir unten um die Ecke biegen, löst sich Irinas Tanzpartner von ihr und kommt auf uns zu.

»Ich bin Marius, Trudes Enkel, und ich beschwöre dich, mich zu unterstützen. Als einziger Mann fühle ich mich bei so viel Frauenpower restlos überfordert.«

Sascha lacht, stellt sich auch namentlich vor, reicht ihm die Hand und verspricht zu bleiben.

»Was wird denn hier gefeiert?«, will ich von Trudes Enkel wissen.

»Wir trauern um einen lieben Menschen.«

Sascha und ich schauen uns fragend an.

»Das soll eine Trauerfeier sein?«, platzt es aus mir heraus.

»Statt zu hadern, feiern wir heute eine besondere Liebe. Sascha, würdest du mir zur Hand gehen? Ich könnte deine Hilfe gebrauchen«, bittet Marius meinen Begleiter und entführt ihn sogleich.

Ich setze mich zu Mara an den Tisch. Prompt wird mir ein Glas gereicht.

»Den musst du auf Jean-Maurice trinken«, erklärt sie mir. »Nicht kippen, sondern langsam die Kehle hinunterlaufen lassen.«

Ich gehorche. Noch bevor ich das Glas abstellen kann, spricht mich mein Gegenüber an.

»Greifen Sie zu, bevor alles kalt wird. Von den Jakobsmuscheln ist nichts mehr übrig. Die waren ein Gedicht. Besser hätte Jean-Maurice sie selbst nicht zubereiten können.«

»Wer ist denn Jean-Maurice?«, frage ich nach.

»Er war Trudes Liebe des Lebens.«

Ich kann mich nur wundern. »Ihr Ehemann ist gestorben und jetzt findet hier so ein ausgelassenes Fest statt? Ist das nicht ein wenig makaber?«

»Jean-Maurice war nicht ihr Ehemann. Trude war mit Bertram verheiratet. Der ist aber schon vor Jahren gestorben«, lässt mich die ältere Dame wissen.

Ungläubig schaue ich mich um. Ich entdecke Sascha und Trudes Enkel, die gemeinsam einen Filmprojektor und eine Leinwand aufstellen.

»Super 8«, höre ich Marius sagen. »Hoffentlich reißt der Film nicht. Das wäre der Super-GAU.«

Jetzt hat auch die Gastgeberin mitbekommen, was geplant ist. »Ist es dafür nicht noch viel zu hell?«, fragt sie und setzt sich neben mich.

Plötzlich wird es mucksmäuschenstill. Nur das Rattern des Projektors ist zu hören.

Wir sehen verwackelte Bilder eines Paares. Sie lächeln sich sehnsüchtig an. Er küsst ihre blonde Haarpracht und erst jetzt erkenne ich die junge Trude Kaufmann. Sie muss bei der Aufnahme in meinem Alter gewesen sein und war eine Schönheit wie aus einem Modemagazin.

»Ich war naturschön«, erklärt sie und greift nach meiner Hand. »Das war 1982«, ruft sie ihren Gästen zu. Mit mir spricht sie leiser. »In jenem Sommer habe ich den Mut nicht aufgebracht, meinem Herzen zu folgen. Eine Entscheidung, die ich noch heute bereue. Ich hoffe, Sie sind nicht so dumm, wie ich es war, und erkennen die Chance, die sich Ihnen gerade bietet.«

Ich schaue sie verständnislos an.

»Sie wissen genau, was ich meine und von wem ich spreche«, sagt sie und deutet mit ausgestrecktem Arm auf Sascha.

Wir erheben uns gleichzeitig. Während sie mit tränenblinden Augen ins Haus geht, marschiere ich zum Filmvorführer. Von ihm lassen Sascha und ich uns ihre traurige Liebesgeschichte erzählen.

Der Film ist vorbei. Es hat keine zwanzig Minuten gedauert, die wichtigen Momente aus Trudes traurigem Liebesleben anzusehen. Ich habe einen dicken Kloß im Hals. Marius macht eine Handbewegung. Kurz darauf drückt jemand die Starttaste des CD-Players und Julio jault *Wenn ein Schiff vorüberfährt.*

»Lass nicht zu, dass uns das auch passiert«, bettelt Sascha, während wir eng umschlungen miteinander tanzen. Gerade will ich ihm gestehen, dass ich nie wieder ohne ihn sein will, als Irina mir auf die Schulter klopft.

»Sieh nur, oben in der Wohnung brennt Licht.«

Ich halte Ausschau nach Mara, doch die sitzt am Tisch und wischt mit einem Stück Baguette die restliche Soße aus den Schüsseln.

»Die Männer sind wieder da«, ruft Irina und läuft, ohne auf uns zu warten, vor.

Perfektes Timing, denke ich und bitte Sascha, auf mich zu warten.

Als Mara und ich die Wohnung erreichen, läuft bereits das Verhör. Irina hat listig gefragt, ob den Männern während ihres Törns der Sturm zu schaffen gemacht habe.

»Nö, war alles gut«, antwortet Thomas.

»Schön zu hören, wir waren drauf und dran, uns Sorgen zu machen«, antwortet sie, ohne die Miene zu verziehen.

Ich schaue nur Konstantin an. Ihm steht das schlechte Gewissen ins Gesicht geschrieben.

»Was ist da unten los? Ist das etwa eine Wahlveranstaltung der *Grauen Panther*?«, will Alex wissen. Er geht wohl davon aus, dass seine Bemerkung besonders lustig sei, aber es lacht niemand.

Mara baut sich vor ihm auf. »Wir feiern die Rückkehr der Melody, die gestern unbeschadet den Hafen erreicht hat.«

Die drei wissen genau, was los ist.

»Also gut«, fängt Konstantin an. »Es hat wohl wenig Sinn zu leugnen. Wir waren nicht in Kopenhagen. Es gab Wichtiges, mit dem wir euch nicht belasten wollten.«

»Halt die Klappe«, herrscht Alex meinen Mann an.

Doch er lässt sich nicht abhalten. »Wir drei waren in Hamburg.«

»Guck an«, lache ich ihn aus.

»Ich weiß, dass du auch dort gewesen bist. Ich habe die Gläser in der Küche gesehen und mir war sofort klar, dass sie nur von dir stammen konnten.«

»Nicht wo, sondern warum würde mich viel mehr interessieren«, erklärt Mara energisch.

»Wir haben uns um eure Belange gekümmert«, erklärt Konstantin und schaut auf den Boden. Ich weiß sofort, dass er lügt.

»Um welche Belange? Habt ihr Alex' Schickse davon überzeugen müssen, dass er doch nicht pleite ist? Oder wovon redet ihr?«

»Wir haben Investoren für euren Verlag gesucht«, erwidert Konstantin. Ein Blick in Thomas' und Alex' überraschte Gesichter macht deutlich, dass sie in diese Ausrede nicht eingeweiht sind.

»Ihr wolltet unsere Firma retten? Wie nett. Und? Seid ihr erfolgreich gewesen?«, fragt Mara und stützt ihre Arme provokativ in die Hüften.

»Leider nicht«, antwortet Konstantin.

Wie jämmerlich! »Mir reicht es!«, brülle ich dazwischen und gehe ins Schlafzimmer. Ich packe gerade meine Klamotten in die Reisetasche, als mein verlogener Gatte den Raum betritt.

»Was tust du?«

»Wonach sieht es denn aus? Ich packe. Ich habe genug. Genug von deinen Lügen und von diesem Aufenthalt an der Ostsee. Dieser Urlaub sollte mir Klarheit über unsere Ehe verschaffen. Und weißt du was, Konstantin? Ich sehe deutlich klarer, als ich es jemals für möglich gehalten habe. Das mit uns hat keinen Sinn mehr.«

Mit meiner Tasche in der Hand laufe ich durch den Garten und suche Sascha.

Als ich ihn entdecke, rufe ich aus voller Brust: »Hättest du Lust, jetzt sofort mit mir nach Paris zu fahren?«

Sein Lächeln genügt mir als Antwort.

Und wieder flüchte ich rennend von diesem Ort. Nur laufe ich heute nicht in Richtung Strand. Ich bin mir sicher, dieses Mal den richtigen Weg eingeschlagen zu haben.

Sascha erklärt, dass wir, bevor wir unsere Reise antreten, noch kurz in sein Hotel fahren müssten, um seine Sachen zu holen. Nun lerne ich das Sterne-Resort, in dem Maras neuer Freund Direktor ist, doch noch kennen.

Wir besteigen den Lift und lassen uns in die dritte Etage fahren. Saschas Zimmer hat Seeblick. Während er seine Klamotten packt, stehe ich vor dem großen Fenster und blicke hinaus. Kurz darauf spüre ich ihn dicht hinter mir.

»Du machst mich unbeschreiblich glücklich«, haucht er in meinen Nacken.

Ich drehe mich um, schaue ihm tief in die Augen und bitte ihn, mich nie wieder loszulassen.

»Nie wieder. Du hast mein Wort.«

Mitternachtstränen

Trude

Lautes Geschrei stört meine Feier. Der Streit kommt aus der Ferienwohnung. Trotz der Musik, die aus den Lautsprecherboxen dröhnt, höre ich, wie oben Türen geknallt werden. Es fallen Worte wie: »Das hat ein Nachspiel!« und »Es reicht! Rückt endlich mit der Wahrheit raus!«

Nach und nach verabschieden sich meine Gäste. Mittlerweile sind nur noch Marius und Marlies zugegen.

»Ihr könnt auch gerne abfahren. Es war ein schönes Fest. Ich danke euch sehr für den schönen Abend und dir, meine Liebe, danke ich ganz besonders.«

Ich drücke Marlies ganz fest, als ein Wagen mit quietschenden Reifen abfährt. Mit absoluter Sicherheit weiß ich, um welches Fahrzeug es sich handelt. Das Motorengeräusch von Maras Flitzer ist unverkennbar.

Ich gehe noch einmal zur Tafel und blase die Kerzen aus. Nun ist es stockdunkel und ich setze mich allein an den großen Tisch, um nachzudenken. Doch meine Gedanken werden durch ein Geräusch unterbrochen, das mir durch Mark und Bein geht.

Jemand weint bitterlich. Ich schaue hinauf zum Balkon, aber ich kann die Gestalt, die so herzzerreißend wimmert und schluchzt, nicht erkennen.

»Wie konntest du nur? Ich bin doch deine Frau!«

Aha, alles klar. Es handelt sich um Irina, die ihrem Thomas unter einem Sturzbach von Tränen Vorwürfe macht.

Irgendwo klingelt ein Handy. Kurz darauf tritt Konstantin auf den Balkon. Ich höre ihn fluchen. »Tori hat ihr Telefon hiergelassen. Das hat sie mit purer Absicht gemacht, damit ich sie nicht erreichen kann. Aber warum? Was zum Teufel war hier los? Verdammt, Irina. Sag mir endlich, wohin meine Frau mit diesem Kerl gegangen ist.«

Die Balkontür wird geschlossen. Die Stimmen verstummen und ich frage mich, ob Bertram wohl auch so geflucht hätte, wenn ich bei Nacht und Nebel einfach ohne eine Erklärung abgehauen wäre.

Keine Rückerstattung

Trude

Aus meinem Wunsch, nach der ausgiebigen Feier heute länger zu schlafen, wird nichts. Über mir herrscht ein Lärm, der schon an eine Zumutung grenzt. Wie rücksichtslos, schimpfe ich leise vor mich hin. Ich habe die Verantwortlichen schnell ausgemacht. Schuld sind die Männer. Als die Frauen noch unter sich waren, gab es keinen Grund, mich aufzuregen.

Ich stehe auf, ziehe meinen Morgenmantel über und trete hinaus in den Garten. Mir entweicht ein lauter Seufzer, als ich das Chaos sehe. Na, da wartet heute aber jede Menge Arbeit auf mich. Allein mit dem Spülen des Geschirrs werde ich Stunden beschäftigt sein.

Bevor ich einen Plan schmiede, wie ich am besten vorgehe, brauche ich erst einen starken Kaffee.

Die Maschine gurgelt noch, als ich beschließe, noch vor dem Frühstück den vollen und recht übel riechenden Mülleimer zu entsorgen. Ich schlurfe gerade um die Ecke zur Tonne, als ich bemerke, dass der Kofferraum von Thomas' Limousine geöffnet ist. Im Laderaum befinden sich zwei Koffer. Was soll das denn bedeuten? Packen sie aus oder packen sie ein?

Irina tapst die Treppe herunter und wünscht mir einen guten Morgen. Sie klingt verschnupft und ihre Augen sind stark gerötet. Auch sie stellt eine Tasche in den Wagen.

»Was hat das zu bedeuten? Reisen Sie etwa ab?«

Nickend kommt sie auf mich zu. »Ja, leider.«

»Na, das war ja ein kurzer Urlaub.«

»Denken Sie bitte nicht, es hätte uns bei Ihnen nicht gefallen. Es sind andere Gründe, die uns zur Heimkehr zwingen. Sobald wir oben fertig sind, komme ich und bringe Ihnen den Schlüssel.«

Ohne mir die *anderen* Gründe zu nennen, verschwindet sie wieder im Haus. Ich kann mir zwar denken, wieso sie nicht länger bleiben, dennoch hätte ich es gern aus ihrem Mund gehört. Ich werde sie einfach direkt fragen, wenn sie zu mir ins Souterrain kommt.

Eine halbe Stunde später bin ich bereit, sie zu empfangen. Ich bin angezogen und habe bereits gefrühstückt, als es an meine Tür klopft. Aber es ist nicht Irina, sondern Konstantin, der mir den Schlüssel bringt.

»Frau Kaufmann, haben Sie einen Moment?«

Ich unterbreche meine Arbeit. »Nur hereinspaziert«, biete ich an und wische mir die feuchten Spülhände an meiner Kittelschürze ab.

Er beginnt zögerlich. »Eigentlich haben wir ja zwei Wochen bei Ihnen gebucht.«

»Nicht eigentlich, Sie haben verbindlich zwei Wochen gebucht«, antworte ich, weil ich schon ahne, worauf dieses Gespräch hinauslaufen wird. Es wäre nicht das erste Mal, dass Feriengäste bei ihrer vorzeitigen Abreise um eine anteilige Rückerstattung bitten.

»Nun, ich meine, Sie könnten das Haus ja noch für eine ganze Woche anderweitig vermieten.«

So, meint er das. Ich sage ihm jetzt, was ich meine. »Sehen Sie den Korb auf dem Tisch, Herr Kampen? Darin befinden sich noch Baguettes von meiner gestrigen Feier. Sie sind übrig geblieben, weil ich mich beim Einkauf verschätzt habe. Wenn ich sie jetzt dem Bäcker zurückbringe und ihm vorschlage, die Brote *anderweitig* zu verkaufen, was meinen Sie, was er mir wohl antwortet?«

»Alles klar, ich dachte ja nur.«

»Legen Sie den Schlüssel einfach auf den Tisch.«

Ohne Abschiedsgruß verlässt er meine Küche.

Ich gehe ins Schlafzimmer und schaue so lange durchs Fenster, bis ich sehe, dass die vier abfahren. Gleich darauf schnappe ich mir den Schlüssel und gehe hinauf in die Wohnung, um nach dem Rechten zu sehen.

Von Irina habe ich nichts anderes erwartet. Die Zimmer sind picobello in Ordnung. Ich werfe noch einen kurzen Kontrollblick in die Schränke, um zu überprüfen, ob was fehlt. Das Geschirr ist vollzählig, allerdings vermisse ich einen Topf. Nun ja, der ist zu verschmerzen. Doch was liegt da auf dem Tisch? Sind das nicht Maras Wellness-Gutscheine? Ich zähle die Voucher. Ganze zwölf Stück. Genug, um alle meine Landfrauen einzuladen. Ich rufe Marlies sofort an, um ihr von meinem Fund zu berichten.

Sie hat ihren Befehlston noch immer nicht abgelegt. »Du willst die Coupons unter den Landfrauen aufteilen? Bist du noch zu retten? Das wirst du schön bleiben lassen. Die hauen wir beide allein auf den Kopf.«

Vorahnung

Tori

Als ich am Morgen aufwache, blicke ich in einen wolkenlosen Himmel. Aber es ist nicht der Himmel über Paris. Neben mir liegt ein vollbärtiger Mann, der tief und zufrieden schläft. Er ist nackt wie ich und ich kann es kaum erwarten, in seine strahlend blauen Augen zu sehen. Ich wecke ihn mit einem zärtlichen Kuss auf die Stirn. »*Bonjour, mon chéri*«, flüstere ich ihm leise zu.

Er blinzelt mich an und grinst. »Wir fliegen nach Paris. Ich hab es dir doch versprochen«, raunt er und lässt seine Hand über meinen Körper wandern.

»Saschi«, stöhne ich und bitte ihn, mir zu bestätigen, dass wir keinen Fehler begangen haben.

Endlich schlägt er die Augen auf. »Was soll an unserer Liebe falsch sein?«

»Ich wollte es nur noch einmal von dir hören«, antworte ich und krabbele noch näher an ihn heran.

»Hör zu, mein Engel. Ich möchte dir Folgendes vorschlagen. Bis ich einen Käufer gefunden habe, können wir vorerst im Haus meiner Mutter wohnen. Mit dem Erlös suchen wir uns etwas Eigenes und fangen noch einmal ganz von vorne an.«

So, wie Sascha es sagt, klingt es ganz einfach. Zuversichtlich kuschele ich mich in seine Armbeuge und nicke zustimmend.

»Und ich werde Konstantin um die Scheidung bitten.«

»Um mich zu heiraten?«

Mein Herz klopft wild. Während ich die Decke angrinse, gestehe ich: »In Weiß mit allem Drum und Dran.«

»Weißt du, wie lange ich davon geträumt habe?«

Ich komme nicht dazu, ihm zu antworten, denn sein Handy klingelt. Er greift zum Nachtschrank, fixiert das Display und geht sofort ran.

»Na, mein Großer. Alles klar bei dir?«

Mir ist sofort klar, dass er mit seinem Sohn spricht. Ich will ihn dabei nicht stören und verziehe mich ins Bad.

Obwohl die Tür geschlossen ist, kann ich hören, was er zu Marvin sagt.

»Natürlich hab ich dich lieb, das weißt du doch. Du bist mein Bester.« – »Da hast du deine Mama falsch verstanden. Ganz sicher werden wir uns auch in Zukunft sehen.« – »Ist sie da? Dann gib sie mir bitte mal ans Telefon.« – »Melanie, bitte tu das nicht! Wir waren uns doch einig, dass wir die Kinder raushalten.« – »Lass uns später noch einmal in Ruhe reden. Ich lege jetzt auf.«

Was hat er ihr gerade vorgeworfen? Sie würde die Kinder nicht raushalten? Woraus? Ich stöhne laut auf. So einvernehmlich, wie Sascha mir versichert hat, scheint die Trennung von seiner Frau wohl doch nicht stattzufinden. Hoffentlich ist es nur eine Momentaufnahme und die beiden kommen zu einer friedlichen Lösung. Nicht meinetwegen. Ich denke an Marvin und seine kleine Schwester. Wie oft erlebe ich in meinem Beruf, dass Eltern einen erbitterten Scheidungskrieg auf dem Rücken ihrer Kinder austragen. Rücksichtlos manipulieren und instrumentalisieren sie die unschuldigen Kleinen, ohne zu wissen, welchen Schaden sie bei ihnen anrichten.

Die Tür öffnet sich und Sascha steigt zu mir in die Dusche.

»Gibt es Streit?«

»Keinen, der sich nicht beilegen lässt.«

Es sind nur wenige Küsse unter warmem Wasser nötig, um meine Befürchtungen beiseitezuschieben.

»Lass uns künftig immer zusammen duschen«, knurrt er an meinem Hals. Das Wort *immer* hebt mich in ungeahnte Höhen.

Würdelos

Tori

Den zweiten Tag in Folge werde ich von Sascha nach Hamburg gefahren. Wir haben verabredet, uns um drei Uhr vor dem Haus seiner Mutter zu treffen, um anschließend mit dem Taxi gemeinsam zum Flughafen zu fahren. Online haben wir bereits Flüge gebucht. Mit der Air France wollen wir am Abend auf dem Airport Charles de Gaulle landen. Olivier und Justine haben uns per SMS gestattet, in ihrer Wohnung zu logieren. Sascha hat versprochen, mir sämtliche Metrostationen zu zeigen, an denen er als *Der einsame Deutsche* ohne mich musiziert hat.

»Der einsame Deutsche?«, frage ich amüsiert.

»So wurde ich damals von allen genannt.«

»Die Zeiten sind endgültig vorbei. Ich verspreche dir, wir beide werden nie wieder einsam sein.«

Als er mich vor der Tür meines Zuhauses absetzt, mag ich mich gar nicht von ihm lösen. Ich glaube, dieses Gefühl nennt man Glückseligkeit. Noch nie zuvor habe ich dieses Wort benutzt. Dieser Begriff ist mir bisher nur in Romanen begegnet. Heute erlebe ich diesen Zustand zum allerersten Mal am eigenen Leib.

Nichts ahnend und voller Vorfreude auf das, was die Zukunft bringt, gehe ich ins Haus.

Mit dem Lied von Robbie Williams auf den Lippen betrete ich den Flur. »*I love my life … I am powerful … I am beautiful … I am …*«

»Du bist nicht *free,* sondern meine Frau!«

Ich erstarre vor Schreck, als ich sehe, wie Konstantin sich in der Küche vor mir aufbaut.

»Wieso bist du hier?«

»Weil ich hier wohne und seit Stunden auf deine Rückkehr warte. Wo warst du? Ich warte, Tori. Du bist mir eine Erklärung schuldig.«

»Du wartest auf meine Erklärung? Mir scheint, du verwechselst da etwas.«

Sein Ton wird forscher. »Hättest du mir die Gelegenheit gegeben, offen mir dir zu sprechen, hättest du nicht mit diesem Kerl abhauen müssen.«

»Dieser Kerl ist …«

Er fällt mir ins Wort. »Spar dir das. Ich weiß bereits Bescheid. Deine rührende Liebesgeschichte mag für deine Freundinnen herzergreifend sein, aber mir fehlt angesichts der ernsten Lage der Sinn für diese schmalzige Schmonzette!«

Ich lache höhnisch auf. »Soll ich raten? Irina hat es dir erzählt. Sie ist und bleibt eine Schludertasche.«

»Irina hat momentan ganz andere Sorgen, als sich über dein hemmungsloses Verhalten auszulassen. Ihr Mann ist krank. Wir haben diesen Urlaub nur arrangiert, damit er weitere Spezialisten konsultieren kann.«

»Thomas ist krank?«

»Ja, mein bester Freund hat Krebs. Alex und ich haben ihm versprechen müssen, weder Irina noch euch ein Wort zu sagen, bevor wir nicht absolute Gewissheit haben.«

Ich schlage mir die Hände vors Gesicht. »Was genau fehlt ihm?«

»Interessiert es dich wirklich oder denkst du nur daran, wie du mit deiner wiederentdeckten Jugendliebe nach Paris durchbrennen kannst?«

»Was ist mit Thomas?«, schreie ich ihn an. »Nun rede endlich!«

»Der Verdacht auf Magenkrebs hat sich bestätigt. Er muss schnellstens operiert werden.«

»Wie furchtbar, er ist doch noch so jung und obendrein Vater von fünf Kindern.«

Ich bin so erschüttert, dass ich mich setzen muss.

Konstantin gibt mir nicht die Gelegenheit, diese Schreckensmeldung zu verdauen. Erbost fährt er fort. »Jung bin ich auch und weshalb ich noch immer kein Vater bin, habe ich zwischenzeitlich auch herausgefunden. Während ich mich von einem Andrologen zum anderen habe überweisen lassen, hast du heimlich verhütet. Streite es nicht ab!«

Er greift in seine Hosentasche und wirft die leere Schachtel meiner Antibabypille auf den Tisch. »Warum hast du das getan? Nenne mir nur einen Grund!«

Ich starre auf die Packung. Wo hat er die denn gefunden? Er muss den Abfalleimer im Bad durchwühlt haben. Wie unvorsichtig von mir. Ich hätte sie wie sonst in der Mülltonne vor dem Haus entsorgen müssen. Aber was soll's. Jetzt ist der Zeitpunkt gekommen, die Karten offen auf den Tisch zu legen. »So, wie es zwischen uns gelaufen ist, wollte ich …«

Er unterbricht mich schon wieder. »Was stimmt denn nicht bei uns?«

»Du kannst doch nicht abstreiten, dass wir nur noch nebeneinanderher leben. So kann und will ich nicht weitermachen.« Ich nehme meinen ganzen Mut zusammen und sage: »Es ist das Beste, wenn wir uns trennen.«

»Du willst mich tatsächlich für so einen Kerl verlassen? Der Typ ist ein Loser. Schau dich hier doch mal um! Glaubst du wirklich, er könnte dir so ein schönes Leben bieten wie ich?«

Bitte? Am liebsten würde ich laut loslachen, aber ich bleibe ernst. »Mein Leben an deiner Seite ist nicht schön. Deine Designermöbel, deine sogenannten Kunstwerke an den Wänden … all das bedeutet mir nichts. Ich will geliebt werden und Sascha liebt mich. Er hat nie damit aufgehört.«

Für einen kurzen Moment hat es Konstantin die Sprache verschlagen. »Bist du dir der Konsequenzen deines Handelns überhaupt bewusst? Wenn du zu ihm gehst, gibst du nicht nur unsere Ehe auf, du zerstörst auch eine intakte Familie.«

»Saschas Ehe ist nicht intakt.«

Konstantin lacht mich höhnisch aus. »Bist du wirklich so naiv? Du glaubst tatsächlich, er würde dich mehr lieben als seine beiden Kinder? Sie sind sein Fleisch und Blut! Komm endlich zur Vernunft, Tori. Ich wäre bereit, dir deinen Fehltritt zu verzeihen.«

Stumm, aber energisch schüttele ich den Kopf, denn mein Entschluss steht fest. Egal, was Konstantin noch vorbringen mag, er kann und wird mich nicht umstimmen.

Mein Blick wandert zur Küchenuhr. Es ist bereits halb drei. Ich muss mich jetzt auf den Weg machen, wenn ich mich nicht verspäten will.

Mit meiner Reisetasche in der Hand verlasse ich die Küche. Im Hinausgehen frage ich, ob er mein Handy mitgebracht hat. Er antwortet mir nicht.

Mit einem mulmigen Gefühl im Bauch steige ich die Treppe hinauf. Im Schlafzimmer nehme ich frische Wäsche aus dem Schrank und lege sie aufs Bett, als ich merke, dass er mir gefolgt ist.

»Solltest du jetzt tatsächlich gehen, brauchst du nicht mehr wiederzukommen.«

Ich verstehe. Weder sein Schimpfen noch sein Betteln hat was gebracht, jetzt versucht er es mit Drohgebärden. Aber ich zeige mich unbeeindruckt.

»Schade, ich hatte gehofft, wir würden es in Würde über die Bühne bringen.«

»Über welche Bühne? Denkst du, das hier wäre ein Schauspiel? Dann warte den letzten Akt ab. Glaubst du wirklich, ich lasse mich so einfach von dir abservieren? Vergiss es, Tori. Du wirst weder mich noch dieses Haus verlassen!«

»Lass doch den Unsinn«, ermahne ich ihn. Doch Konstantins Miene zeigt mir klar und deutlich, dass er es ernst meint. Wie ernst, spüre ich Sekunden später, als seine Faust in meinem Gesicht landet. Ich falle ungebremst aufs Bett.

»Wage es nicht«, schreit er. Ich habe keine Ahnung, was ich nicht wagen soll. Etwa weglaufen? Das entfällt, denn er schließt die Tür hinter sich ab.

Ich bin schon länger als eine halbe Stunde im Schlafzimmer gefangen und überlege, wie ich mich aus dieser Situation befreien kann. Um aus dem Fenster zu springen, ist es viel zu hoch. Laut schreiend um Hilfe zu rufen traue ich mich auch nicht. Schließlich soll die feine Nachbarschaft nichts von unserem Rosenkrieg mitbekommen. Daran, dass nach seinem gewalttätigen Handeln Krieg zwischen uns herrscht, führt kein Weg vorbei. Egal, was ich mir in seinen Augen geleistet habe, es rechtfertigt nicht, dass er die Hand gegen mich erhebt.

Fast geräuschlos öffne ich den Schrank und nehme sämtliche Ledergürtel heraus, die Konstantin in einer Schublade aufbewahrt. Ich verbinde sie zu einem langen Strang. Danach lege ich eine Schlaufe um das Heizungsrohr. Ohne die Gewissheit zu haben, ob es hält, hangele ich mich an der Hauswand hinunter. Den letzten Meter spare ich mir und springe auf den Rasen. In gebückter Haltung verlasse ich das Grundstück.

Konstantin hat von meiner Flucht nichts mitbekommen. Meine Nachbarin schon. Sie stellt mich auf der Straße und fragt, ob alles in Ordnung sei.

Sie schaut mich mitleidig an. »Kommen Sie, Frau Kampen. Bei mir sind Sie in Sicherheit.«

Widerspruchslos nehme ich ihr Angebot an und folge ihr in das Haus, das ich, seitdem wir hier wohnen, das erste Mal betrete.

In der Diele fällt mein Blick auf den Wandspiegel. In erschreckender Deutlichkeit ist zu erkennen, welche Blessuren ich von dem brutalen Faustschlag davongetragen habe. Meine linke Gesichtshälfte ist geschwollen und leuchtet tiefrot.

Meine Retterin reicht mir einen feuchten Lappen. »Das müssen Sie kühlen.«

Ich bedanke mich und drücke vorsichtig das Tuch auf meine Wange.

Sie bietet mir einen Platz im Wohnzimmer an.

Als ich langsam zur Ruhe komme, wird mir erst bewusst, in welch misslicher Lage ich mich befinde. Ich habe kein Geld, keine Papiere und vor allen Dingen habe ich mein Handy nicht dabei, um mich bei Sascha zu melden. Mein panischer Blick auf meine Armbanduhr entlockt meiner Nachbarin die erste Frage.

»Wollen Sie Anzeige erstatten? Ich möchte Ihnen dringend dazu raten. Häusliche Gewalt ist keine Bagatelle. Wer einmal schlägt, wird es immer wieder tun. Glauben Sie mir, Frau Kampen. Ich habe es selbst erlebt.«

Bevor ich ihr die Gelegenheit gebe, mir ihre Leidensgeschichte anzuvertrauen, frage ich, ob sie mir aus der Klemme helfen könne.

»Wenn Sie mir Geld borgen könnten und ein Taxi rufen würden, dann wäre mir schon sehr geholfen.«

Sie gibt mir fünfzig Euro.

»Rückzahlung eilt nicht«, lässt sie mich wissen und ich frage mich, weshalb ich all die Jahre keinen engeren Kontakt zu ihr gepflegt habe.

Draußen hupt ein Fahrzeug. Das Taxi ist da und ich verabschiede mich. »Das werde ich Ihnen nie vergessen.«

Überhaupt werde ich diesen Tag niemals vergessen.

Bevor ich bei Sascha klingele, hole ich noch einmal tief Luft. Bestimmt wird er verärgert sein, weil wir nun unsere Flüge verpasst haben.

Doch er fragt gar nicht, warum ich mich verspätet habe, sondern nimmt mich sofort in den Arm.

»Ich dachte wirklich, du machst einen Rückzieher.«

Erst als er von mir ablässt, schaut er mich an. »Verdammt, was ist mit deinem Gesicht passiert?«

Es ist nicht nötig, ihm zu sagen, wer dafür verantwortlich ist.

»Ich bringe ihn um. Das hat das Schwein nicht umsonst gemacht.«

»Vergiss es, Rambo. Wir sind doch Pazifisten.«

Trübe Aussichten

Trude

Die Zicke an der Spa-Rezeption macht tatsächlich Ärger, als wir ihr die Gutscheine präsentieren und eine Massage verlangen.

Sie plustert sich auf. »Diese Voucher sind personalisiert, und keine von Ihnen ist Frau Stegner.«

Jetzt ist ein Geistesblitz nötig, um nicht das Gesicht zu verlieren.

»Wir sind Mitarbeiter des Verlages. Frau Stegner ist unsere Chefin«, kontere ich wie aus der Pistole geschossen.

»Sind Sie oder waren Sie Mitarbeiter? Mir scheint, Sie dürften längst im Ruhestand sein.«

Die Anspielung auf unser Alter bringt Marlies richtig in Fahrt.

»Hören Sie, Mäuschen. Wir wurden von Frau Stegner beauftragt, hier eine Qualitätsprüfung durchzuführen. Sie, meine Liebe, sorgen mit Ihrer pampigen Art für die ersten Minuspunkte auf unserer Checkliste. Wie lautet Ihr Name? Und wieso tragen Sie kein Namensschild? Frau Kaufmann, bitte notieren Sie: Erster Eindruck: Der Empfang ist außerordentlich unfreundlich.«

Ich notiere nicht, sondern mache mir gleich vor Lachen in die Hose.

So wie Marlies kann auch ich die Arrogante spielen. »Hubert wird nicht sehr erfreut sein, wenn wir ihm mitteilen, wie Kunden in seinem Hotel behandelt werden.«

Jetzt habe ich die Empfangstussi beeindruckt. »Ja, wir kennen Hubert, da staunen Sie. Wir sind mit Ihrem Hoteldirektor bestens bekannt.«

Die Frau ohne Namen schaut auf ihren Monitor. »Massagen wären erst in einer Stunde möglich. Möchten Sie in der Zwischenzeit unsere Pool- oder Saunalandschaft besuchen? Selbstverständlich steht Ihnen auch der Fitnessbereich zur freien Verfügung.«

Ja, genau. Gewichte stemmen ist genau das, wonach mir nach diesem arbeitsreichen Tag der Sinn steht.

»Ich gehe in den Pool«, lässt Marlies mich wissen. Aber ohne mich. Wenn ich Lust hätte zu schwimmen, dann würde ich in der See baden und nicht in dieses gechlorte Planschbecken steigen.

»Man sieht sich«, rufe ich Marlies zu und marschiere in Richtung Tepidarium.

Nach zwei Stunden treffen wir uns im Relax-Raum wieder. Ich lasse mich neben Marlies auf eine Liege fallen und frage mich, warum ich so schlapp bin. Nach dem Schwitzen und einer Rückenmassage sollte ich mich doch eigentlich fit und ausgeruht fühlen.

Mit geschlossenen Augen signalisiere ich meiner Freundin, die Klappe zu halten. Marlies versteht und schweigt. Die junge Frau links neben mir nicht. Sie quasselt ohne Punkt und Komma auf ihre Begleiterin ein.

»Mama, du musst endlich dein Schneckenhaus verlassen. Dein Leben geht doch weiter. Hierher zu fahren war doch eine gute Idee, oder nicht, Mama? Ist doch besser, als zu Hause Trübsal zu blasen. Das hätte Papa nicht gewollt.«

»Ach, Kind«, antwortet die ältere Frau, von der ich nun weiß, dass sie die Mutter ist.

Die schnatternde Tochter setzt sich auf. »Du bist nicht allein, Mama. Wir sind immer für dich da. Vergiss das nie. Bei uns bist du immer willkommen. Wir sind doch schließlich eine Familie.«

»Ich weiß, mein Schatz. Du bist sehr lieb und ich danke dir. Wollen wir noch eine Runde schwimmen?«

Die beiden verlassen den Ruheraum und in meinem Hals bildet sich ein dicker Kloß.

»Hast du das gehört?«, frage ich Marlies. Doch sie antwortet nicht. »Die junge Frau hat gesagt, dass sie schließlich eine Familie seien. Das ist mehr, als wir zwei vorzuweisen haben. Wir beide sind jetzt ganz allein. Wir haben nur noch uns. Marlies? Hörst du mir gar nicht zu?«

»Ja, wir beide haben uns, dafür sollten wir glücklich und dankbar sein.«

Ich bin nicht dankbar und glücklich bin ich erst recht nicht. So habe ich mir meinen Lebensabend nicht vorgestellt. Eine unbändige Traurigkeit überfällt mich und ich ahne, dass sie von Dauer sein wird.

Perfide Intrige

Tori

Ich trage schon den dritten Tag Saschas Hemden, die mir zwar passen, mir aber gewiss nicht stehen. Ziemlich irritiert schaut mich mein Bankberater an, als ich vor dem Schalter stehe. Er erkennt mich erst auf den zweiten Blick, als ich ihn bitte, mir Ersatz für meine EC- und Kreditkarte auszustellen. Mit fünfhundert Euro Bargeld verlasse ich das Kreditinstitut und begebe mich auf Shoppingtour.

Mein erster Weg führt mich zu einem Elektronik-Discounter. Ich brauche dringend ein neues Handy. Der Versuch, mir ein neues Gerät zuzulegen, scheitert am fehlenden Personalausweis. So langsam wächst meine Wut auf Konstantin, aber einknicken und ihn um die Herausgabe meiner persönlichen Sachen zu bitten, kommt für mich nicht infrage. Noch nicht.

Nach drei Stunden habe ich alles erledigt und kehre mit Tüten voller Kosmetik und Klamotten, die ich reduziert gekauft habe, zurück.

Gerade will ich laut rufen, dass ich wieder da bin, als ich höre, dass Sascha telefoniert.

»Das ist ein Witz, Melanie«, empört er sich. »Das glaube ich erst, wenn ich es schwarz auf weiß lese.«

Nun hat er bemerkt, dass ich im Wohnzimmer stehe und beendet das Gespräch.

»Was gibt es?«, will ich wissen.

Sascha schnaubt. »Ich wurde angezeigt. Angeblich soll ich deinen Mann vermöbelt haben. Melanie hatte die Vorladung heute in der Post. Sie dreht völlig durch und verbietet mir den Umgang mit den Kindern. Sie meint, sie könne es nicht verantworten, die beiden einem gewalttätigen Vater anzuvertrauen. Sie gestattet nur noch Besuche in ihrem Beisein.«

Ich bin sprachlos. »Aber du hast doch gar nichts gemacht, oder etwa doch?«

»Natürlich nicht. Ich habe Konstantin Kampen das letzte Mal auf dem Segelboot gesehen.«

»Ich rede mit ihm. Sollte es stimmen, was Melanie behauptet, dann ist er eindeutig zu weit gegangen.«

Ich drehe mich um und marschiere wutentbrannt zur Tür, aber Sascha stellt sich mir in den Weg. »Er ist schon zu weit gegangen, als er dich geschlagen hat. Du bleibst schön hier. Wir lassen uns nicht auf seine niederträchtige Provokation ein.«

»Aber …« Mein Einwand wird durch das Klingeln seines Handys unterbrochen.

Er geht sofort ran. »Ja, jetzt ist sie da«, höre ich ihn sagen. »Es ist Mara für dich. Sie hat schon zweimal angerufen.«

Ich nehme ihm das Telefon aus der Hand und begrüße meine Freundin.

»Meine Güte, was geht denn bei euch ab? Stimmt es, was Sascha mir berichtet hat? Konstantin hat dich wirklich …«

Ich unterbreche sie unverzüglich. »Erwähne bloß nicht seinen Namen, sonst flippe ich aus.«

»Deswegen rufe ich gar nicht an. Es geht um Thomas. Er ist bereits operiert worden. Ich habe ihn heute besucht und er hat mich gebeten, dir auszurichten, dass er dich sehen möchte.«

»Selbstverständlich besuche ich ihn. In welchem Krankenhaus liegt er denn?«

Ich notiere Station und Zimmernummer.

Gammeltag

Trude

Nein, ich stehe nicht auf. Warum sollte ich? Das Wetter ist nur durchwachsen und bis die nächsten Feriengäste kommen, ist noch ausreichend Zeit, um eine ruhige Kugel zu schieben.

Mein Telefon klingelt, aber mir fehlt die Kraft, mich aus dem Bett zu erheben. Es wird vermutlich doch nur Marlies sein, die wissen will, wann wir uns vor dem Wellnesshotel treffen. Mir steht nicht der Sinn nach *sanum per aquam*. Meine innere Stimme meldet sich zu Wort. Sie meint, ich sollte aus den Federn steigen und etwas für meine Gesundheit tun. Aber auf die höre ich nicht mehr. Die redet seit Tagen nur Stuss.

»Lass dich nicht so gehen!«, schreit sie mich an, als ich mich gerade in mein Kopfkissen kuschele.

Warum? Warum darf ich mich nicht gehen lassen? Was versäume ich denn, wenn ich hier liege? Es gibt keinen Menschen mehr in meinem Leben, um den ich mich kümmern und sorgen könnte. Sie sind, mit Ausnahme von Marius, alle fort, und er kommt wunderbar ohne mich klar. Ich denke an meinen Enkelsohn. Wie lieb es von ihm war, den Film von Jean-Maurice und mir vorzuführen. Er muss Stunden damit zugebracht haben, alle Szenen von uns zusammenzusetzen.

Nun stehe ich doch auf und hole den Projektor aus der Abstellkammer. Auf das Aufstellen der Leinwand verzichte ich. Ich lasse die Bilder einfach an die weiße Wand meines Schlafzimmers projizieren.

Wie so oft, wenn ich allein bin, führe ich Selbstgespräche.

»Sieh doch nur, wie jung und schön wir waren. – Ach, an den Sommer erinnere ich mich gut.«

Den Film wieder und wieder anzusehen, befördert meinen Schmerz ins Unerträgliche.

»Wie konntest du dich nur so still und heimlich vom Acker machen? Du hast mir Jahre versprochen. Die letzten sollten mir gehören. Ich habe mich darauf verlassen, du verdammter … Schatz.«

Wahre Freunde

Tori

Ich habe Blumen gekauft, um beim Betreten des Krankenzimmers festzustellen, dass bereits vier Leute vor mir auf die gleiche Idee gekommen sind. Denn so viele Sträuße stehen auf Thomas' Nachtschrank.

»Du siehst verdammt beschissen aus«, sage ich zu ihm und drücke ihm ein Küsschen auf die Stirn.

»Das liegt nur an der unvorteilhaften Beleuchtung.«

»Hast du Schmerzen?«

Er antwortet nicht auf meine Frage, sondern mustert mich prüfend und streicht mir über die Wange, die noch immer blau leuchtet. Sein Lächeln wirkt gequält. Ihn so zu sehen, treibt mir die Tränen in die Augen, aber weil ich ahne, dass Irina schon Sturzbäche an seinem Bett vergossen hat, kämpfe ich gegen meine Gefühle an.

Thomas ist fassungslos. »Wie konnte er dir das nur antun? Es ist immer noch zu sehen. Was hat er sich nur dabei gedacht?«

»Du kennst doch Konstantin. Er war schon immer ein schlechter Verlierer.«

»Ich will, dass du weißt, dass ich sein Verhalten nicht billige.«

Thomas' Worte erstaunen mich. »Du bist auf meiner Seite?«

»Aber sicher, warum denn nicht? Schließlich sind wir fast genauso lange miteinander befreundet. Weißt du eigentlich, dass ich damals schwer in dich verknallt war? Den Grund, weshalb ich nicht bei dir landen konnte, habe ich erst vor ein paar Tagen von Irina erfahren. Echt krass, was dir in jenem Sommer passiert ist.«

»Deine Frau redet zu viel.«

»Ja, das tut sie, und trotzdem liebe ich sie.«

»Das höre ich gern. Dann hat wenigstens eine unserer drei Ehen Bestand.«

Thomas greift nach meiner Hand. »Bist du glücklich, Tori?«

Ich muss nicht über seine Frage nachdenken. »Ich habe mich richtig entschieden.«

»Du hast recht. Folge deinem Gefühl! Du wirst wissen, was das Beste für dich ist. Das Leben ist zu kurz und viel zu kostbar, um nicht wenigstens den Versuch zu unternehmen, rundum glücklich zu sein. Das weiß ich, seitdem ich diese Scheißdiagnose bekommen habe.«

»Du wirst wieder gesund.«

»Na sicher. Ich muss wieder ganz gesund werden. Ich habe schließlich sechs Mäuler zu stopfen.«

Thomas wirkt erschöpft. Ich glaube, ich sollte ihn jetzt schlafen lassen. Als ich ihm sage, dass ich gehen werde, hält er mich zurück.

»Noch nicht, Tori. Ich habe um deinen Besuch gebeten, weil ich dir etwas geben möchte. Bitte öffne die Schublade des Nachtschränkchens und gib mir den Schlüsselbund.«

Ich komme seiner Bitte nach. Mit zittrigen Fingern fummelt er am Karabinerhaken und reicht mir kurz darauf einen Schlüssel, den ich sofort erkenne.

»Du hattest den Ersatzschlüssel?«

»Ich konnte doch nicht nach Hause. Dort waren meine Eltern und haben auf die Kinder aufgepasst. Sie sollten doch nichts von meinen Untersuchungen mitbekommen. Konstantin hat mir erlaubt, auf dem Sofa zu schlafen.«

Er schaut auf die Uhr. »Besser du gehst jetzt und nutzt die Zeit, deine Sachen aus dem Haus zu holen.«

Ich bin völlig verblüfft. Mit allem hätte ich gerechnet, aber nicht damit, dass Thomas sich gegen seinen *weltbesten Freund* stellt und mir zu meinem Recht verhilft. Dass Konstantin ahnungslos ist, was die Schlüsselübergabe angeht, ist so sicher wie das Amen in der Kirche.

»Würdest du es mir übel nehmen, wenn ich den Blumenstrauß wieder mitnehme?«

Thomas lacht. »Meinetwegen kannst du das ganze Gestrüpp einpacken. Ich habe keine Ahnung, weshalb mir alle Blumen mitbringen. Über die aktuelle Ausgabe des Playboys würde ich mich viel mehr freuen. Zudem wäre es förderlich für meine Genesung, wenn ich mir schöne, nackte Frauen ansehen könnte, aber daran denkt ja niemand.«

»Na, wenn das so ist … Sperr die Augen auf! Aber nur gucken und nicht anfassen.« Ich hebe mein T-Shirt und gestatte ihm einen Blick auf meine Oberweite.

Plötzlich scheint Thomas wieder hellwach zu sein. »Raus mit dir, bevor ich noch auf dumme Gedanken komme.«

Ich schnappe die Blumen und verlasse leise kichernd die Klinik. Noch immer kann ich nicht fassen, dass ich gerade vor ihm blankgezogen habe. Aber was tut man nicht alles für wahre Freunde.

Eine halbe Stunde später melde ich mich bei meiner Nachbarin. Ich überreiche ihr den Strauß und zahle ihr die Leihgabe zurück. Ihre Einladung auf einen Kaffee muss ich aus Zeitgründen ablehnen.

»Ich sollte mich sputen. In Kürze könnte mein Mann hier aufschlagen. Vorher will ich meine Sachen aus dem Haus holen.«

»Er hat sich ja schnell getröstet«, ruft sie mir hinterher.

»Wie bitte?«, frage ich und gehe noch einmal zurück.

»Sie waren noch keine zwei Stunden fort, da empfing er bereits Damenbesuch.«

»Wirklich?«, frage ich erstaunt nach.

»Eine Blondine, schlank, mondän, etwa in Ihrem Alter.«

Alles klar. Meine Nachbarin spricht von Irina.

In Windeseile packe ich alle wichtigen Sachen zusammen. Nun bin ich wieder im Besitz von Ausweispapieren und könnte mir mühelos ein Telefon besorgen, aber das ist gar nicht mehr nötig. Mein Handy liegt offen auf dem Tisch. Das Gerät samt Ladekabel und meinen Computer bringe ich zuerst ins Auto. Danach räume ich den Kleiderschrank aus und hole meine Toilettenartikel aus dem Bad. Als mir versehentlich der Lippenstift aus der Hand fällt, kommt mir eine hervorragende Idee. Im Hinausgehen schreibe ich mit der Farbe *Ruby17* auf Konstantins gesammelte Kunstwerke *POTTHÄSSLICH*. Jetzt geht es mir besser.

Das Erstaunen, dass ich jetzt wieder im Besitz meiner persönlichen Sachen bin, hält sich bei Sascha in Grenzen. Er lauscht meinen Ausführungen nur mit halbem Ohr. Erst nach meiner wiederholten Nachfrage lässt er mich an seinen Gedanken teilhaben.

»Meine Frau macht ihre Drohung wahr. Melanie will wirklich mit den Kindern in die Staaten ausreisen.«

»Aber das Gericht hat doch noch gar nicht über das Sorge- und Aufenthaltsbestimmungsrecht entschieden.«

»Sobald sie drüben ist, habe ich kaum noch eine Chance, meine Rechte durchzusetzen. Es kann Jahre dauern, bis in einem Sorgerechtsfall entschieden wird. Das weiß sie und genau das nutzt sie aus.«

Ich spreche das aus, was ich schon seit Tagen denke. »Sie will dich zurück.«

»Es gibt kein Zurück!«

Sascha bittet mich um den Autoschlüssel.

»Was hast du vor?«

»Ich fahre zu ihr und werde die Reisepässe der Kinder holen. So leicht, wie sie denkt, werde ich es ihr nicht machen.«

Plötzlich überfällt mich eine panische Angst. Was hat Konstantin zu mir gesagt? *Du glaubst tatsächlich, er würde dich mehr lieben als seine beiden Kinder? Sie sind sein Fleisch und Blut! Wie naiv bist du?*

Eine weitere Frage schießt mir durch den Kopf: Woher weiß Konstantin, dass Sascha Familienvater ist? Eine Erklärung ist schnell gefunden. Er wird es wohl von Alex erfahren haben.

Fragile

Trude

Es klingelt an der Eingangspforte. »Hat man in diesem Haus denn nie seine Ruhe«, raunze ich und schleiche um die Ecke. Ein gelber Transporter parkt bei laufendem Motor in der Einfahrt. Ich schaue verwundert auf die Uhr. Jetzt schon? Es ist noch vor zehn. Normalerweise wird mir die Post erst gegen zwei Uhr mittags zugestellt, aber nicht von einem stinkenden Dieselfahrzeug, sondern von Sina Paulsen, die mir Briefe und Werbung mit dem Fahrrad bringt.

»Frau Kaufmann, ich habe eine Eilzustellung für Sie. Können Sie das Tor aufsperren, dann trage ich Ihnen den großen Karton vor die Tür.«

»Ich habe nichts bestellt«, erwidere ich dem freundlichen Boten.

»Das Paket ist aber für Sie. Es ist nicht schwer, dennoch ist es ziemlich groß und unhandlich.«

Statt weiter mit ihm zu diskutieren, hole ich meinen Schlüssel.

Ich quittiere den Empfang und schaue verwundert auf den Adressaufkleber. Das Paket kommt aus Frankreich. Nun ist meine Neugierde geweckt. So schnell ich kann, laufe ich in die Küche und hole ein Messer, um den riesigen Karton, auf dem ein Klebeband mit dem Aufdruck FRAGILE haftet, vorsichtig zu öffnen.

Im Inneren der Verpackung befindet sich ein Baum. Ein Apfelbäumchen und ein Briefumschlag, den ich gespannt öffne. Die handschriftlichen Zeilen stammen von Marie-Therese. Jean-Maurices Enkeltochter hat geschrieben:

> Liebe Trude,
> es hat mir in der Seele wehgetan, Sie so traurig zurückzulassen. Gern hätte ich mehr Zeit mit Ihnen verbracht, um Sie richtig kennenzulernen. Doch das war nicht möglich und eigentlich auch nicht nötig, denn ich weiß, dass Sie ein großartiger Mensch sind. Mein Großvater hat es mir immer wieder gesagt. Als ich Ihren wunderschönen Garten gesehen habe, kam mir die Idee, Ihnen einen Baum aus unserer Plantage zu schicken. Obwohl der Sommer nicht die ideale Pflanzzeit ist, hoffe ich, dass er anwächst. Er soll Sie bei der Blüte und bei der Ernte stets an meinen Großvater erinnern.
>
> Mit den besten Wünschen, Marie-Therese

Ach, Kind. Bei der Blüte und bei der Ernte soll ich mich an ihn erinnern? Ich denke doch jeden Tag an ihn.

In Bild und Ton

Tori

Seit Stunden bin ich allein in dem Haus, in dem die Frau gewohnt hat, die mein Liebstes genommen und mir fünfzehn Jahre gestohlen hat. Das Gefühl, das mich gerade befällt, ist eine Mischung aus Hass, Wut und Verzweiflung. Ja, ich hasse Ingeborg Feldenbach für das, was sie mir angetan hat. Ich bin wütend auf Konstantin und Melanie. Warum können sie sich nicht wie zivilisierte Erwachsene verhalten? Und verzweifelt bin ich, weil ich befürchte, dass Sascha nicht zu mir zurückkommt.

Was macht frau, wenn sie in so einer Gefühlslage ist? Sie ruft ihre beste Freundin an, und das ist und bleibt für mich Mara.

»Das ist Gedankenübertragung«, lässt sie mich nach einer kurzen Begrüßung wissen. »Ich bin so fassungslos, du ahnst ja gar nicht, wie wütend ich bin. Das, was unsere Männer sich geleistet haben, übertrifft alles.«

»Sprich nicht von unseren Männern. Meine Trennung von Konstantin ist endgültig. Sascha ist mein Mann.«

»Genau um den geht es. Nicht er hat Konstantin eine verpasst. Es war Alex, der seinem Kumpel eins auf die Nuss gegeben hat.«

»Woher weißt du das?«

»Weil ich es selbst gesehen habe. Alex hat mir erklärt, dass sie furchtbar gestritten hätten und ihm deshalb die Hand ausgerutscht sei. Ich habe mir gleich gedacht, dass die Geschichte stinkt, und seit ein paar Minuten weiß ich, dass ich mit meiner Vermutung richtig lag. Die beiden hocken gerade einträchtig in Alex' Büro und feiern ihren gelungenen Coup. Konstantin prahlt damit, dass eine Anzeige gegen seinen Kontrahenten läuft, die das schnelle Aus eurer Beziehung bedeuten wird.«

Ich kann kaum glauben, was Mara mir berichtet. So eine kriminelle Energie hätte ich Konstantin nie im Leben zugetraut.

»Das ist ja ungeheuerlich. Dieser Mistkerl. Ich könnte ihm den Hals umdrehen.«

»Du wirst mehr als zwei Hände brauchen, um dem miesen Trio an die Gurgel zu gehen.«

Mara spricht von einem Trio. »Wer ist denn der Dritte im Bunde? Doch wohl nicht Thomas?«

»Nicht *der* Dritte, *die* Dritte!«

»Etwa Irina? Die macht bei dieser Ungeheuerlichkeit mit?«

»Quatsch, Irina ist komplett ahnungslos. Ich rede von Frau Feldenbach. Sie steckt mit Konstantin unter einer Decke.«

»Melanie? Aber die beiden kennen sich doch gar nicht.«

»Wenn du dich da mal nicht täuschst. Sie war es doch, die ihn überhaupt erst auf die Idee gebracht hat.«

»Woher weißt du das alles?«

Mara zögert. »Mir entgeht nichts, was sich in Alex' Büro abspielt. Weil ich ihm schon lange nicht mehr über den Weg traue, lasse ich seinen Raum seit Monaten per Video überwachen. Aber das bleibt bitte vorläufig unter uns.«

»Bedeutet das, dass es Aufzeichnungen von diesen Gesprächen gibt?«

»Gestochen scharf und von bester Tonqualität.«

Ich höre, dass die Haustür aufgeschlossen wird, und beende das Telefonat.

Erwartungsvoll schaue ich Sascha an. Als er zwei Reisepässe auf den Tisch legt, fällt eine große Last von meinen Schultern, aber er macht nicht den Eindruck auf mich, erleichtert zu sein.

»Das war nur ein Etappensieg. Ich mag mir gar nicht ausmalen, was in Zukunft noch alles auf mich zukommt. Melanie ist nicht wiederzuerkennen. In ihrem unbändigen Hass auf uns ist ihr alles zuzutrauen.«

Ich nehme ihn in den Arm. Nicht um ihn zu trösten, sondern um ihn aufzumuntern. »Sie wird ihr Ziel nicht erreichen und du wirst deine Kinder nicht verlieren. Vertrau mir.«

»Du hast recht, mein Engel. Ich sollte aufhören, mir ständig Gedanken zu machen, und die Zeit lieber mit dir genießen. Ich weiß auch schon, wo.«

»Saschi«, kreische ich, als er unverhofft nach mir greift und mich über seine Schultern wirft. »Was hast du denn vor?«

»Ich löse mein Versprechen ein.«

MMS

Trude

Seit heute bin ich sicher, dass der Baum angewachsen ist. Ich habe ein tiefes Loch ausgehoben, den Boden mit organischem Dünger aus dem Gartenfachmarkt angereichert und gut angegossen. Der Platz, den ich ausgesucht habe, ist ideal. An dieser Stelle kann ich ihn sowohl aus dem Souterrain als auch vom Wohnzimmer der Hauptwohnung sehen. Es war eine so nette Idee von Marie-Therese, für die ich mich bereits per Brief bedankt habe. Ich hoffe mal, dass mein Schreiben sie erreicht, ohne dass ihre Großmutter davon Wind bekommt. Ich bin mir sicher, dass Sophie nicht weiß, dass ihre Enkelin Kontakt zu mir aufgenommen hat.

Meine Gedanken an die Frau, die das Glück hatte, ihr ganzes Leben mit Jean-Maurice zu teilen, werden durch das Klingeln meines Telefons unterbrochen.

Was ist denn das? Jemand hat mir eine MMS geschickt. Bevor ich mir den Film ansehe, lese ich erst die Textmitteilung.

Liebe Tante Trude,
ich hatte gar keine Gelegenheit, mich bei dir zu bedanken. Ohne deine Hilfe wäre ich jetzt nicht der glücklichste Mann auf Erden. Vicky und ich schicken dir herzliche Grüße aus Paris. Sieh dir den Film an und staune, womit wir anstoßen. Wir haben Jean-Maurices Tropfen in einem Feinkostgeschäft entdeckt und sofort eine Flasche gekauft.

Liebe Grüße, dein Neffe Sascha

Von Frau zu Frau

Tori

Paris ist unbeschreiblich schön. Um alles anzusehen, ist ein Wochenende jedoch viel zu kurz. Aber Sascha hat mir versprochen, dass wir schon bald wiederkommen und beim nächsten Mal länger bleiben werden. Wenn er das sagt, dann weiß ich, dass es keine leeren Versprechungen sind. Ich glaube ihm jedes Wort, das er mir ins Ohr flüstert. Er ahnt ja gar nicht, wie glücklich er mich macht. Ich will, dass es ihm genauso geht und er sich keine Sorgen mehr machen muss. Deshalb habe ich heimlich einen Plan geschmiedet, den ich gleich nach unserer Rückkehr in die Tat umsetzen werde.

Heute hat ein Immobilienmakler sein Kommen angekündigt. Mit einigen Kaufinteressenten will er das Haus besichtigen. Aus diesem Grund trinken Sascha und ich nur einen schnellen Kaffee im Stehen.

»Ich werde dabei doch nicht gebraucht, oder?«, frage ich und bitte ihn, mir seinen Autoschlüssel zu geben.

Ohne nachzufragen, wirft er ihn mir zu.

»Wenn wir den alten Kasten heute loswerden, dann kaufen wir dir einen eigenen Wagen.«

Ich bin heilfroh, dass er nicht wissen möchte, wohin ich fahren will. Denn wenn er wüsste, was ich vorhabe, würde er es mir bestimmt ausreden.

Mein erster Weg führt mich ins Amt für Jugend und Familie. Obwohl ich keinen Termin vereinbart habe, bitte ich um ein kurzes Gespräch mit Rubens Betreuerin.

Die zuständige Sozialarbeiterin und ich kennen uns gut. Ich berichte ihr vom Wunsch meines kleinen Patienten, lieber bei seiner Tante wohnen zu wollen. Sie verspricht, den Fall zu prüfen und sich bei mir zu melden.

»Ich lege zurzeit eine berufliche Pause ein. Sobald ich umgezogen bin und meine neue Praxis eröffnet habe, gebe ich Ihnen Bescheid.«

Noch bevor ich den Raum verlasse, nehme ich mir eine Visitenkarte von ihrem Schreibtisch. Die brauche ich für mein zweites Vorhaben an diesem Vormittag.

Ich stelle das Navi an und wähle das Ziel ZUHAUSE. Sekunden später dirigiert mich eine freundliche Frauenstimme in den Westen der Stadt.

»Sie haben Ihr Ziel erreicht. Das Ziel liegt auf der linken Straßenseite.«

Ich stelle den Motor aus und schaue auf das Gebäude mit der Hausnummer 28. Es handelt sich um ein Mittelreihenhaus mit einem gepflegten Vorgarten. An der Wand lehnt ein blaues Kinderfahrrad, das sicherlich Marvin gehört. Er sollte zu dieser Zeit in der Schule sein und ich vermute, dass die Kleine im Kindergarten ist. Mir wäre wohler, wenn ich mit Sicherheit wüsste, dass die beiden nicht anwesend sind, wenn ich mit ihrer Mutter ein Gespräch von Frau zu Frau führe.

Zugegeben. Mein Herz rast, als ich bei *Feldenbach* klingele. Kurz darauf öffnet Melanie. Sie ist eine Blondine, schlank, mondän und etwa in meinem Alter. Noch bevor ich etwas sage, fällt der Groschen bei mir. Nicht Irina, sondern sie war die Person, die zwei Stunden nach meiner Flucht aus dem Fenster mein Zuhause aufgesucht hat.

»Ich bin Victoria Kampen.«

Sie wirkt gefasst und antwortet selbstsicher. »Ich weiß, wer Sie sind. Was wollen Sie von mir?«

»Ich bin gekommen, um Sie zu warnen. Sie haben sich für Ihr hinterhältiges Spiel den falschen Partner ausgesucht. Konstantin ist aufgeflogen, und Sie mit ihm.«

»Von wem reden Sie denn? Ich kenne keinen Konstantin.«

Die Rolle der Ahnungslosen spielt sie vergebens. Ich weiß, was ich weiß.

»Meine Nachbarin behauptet etwas anderes. Sie hat Sie und meinen Mann zusammen vor unserem Haus gesehen und wird es vor Gericht bezeugen, wenn es zur Verhandlung kommt. Sie haben sich der Anstiftung schuldig gemacht. Die falsche Beschuldigung, die Konstantin gegen Sascha erhoben hat, ist ein Straftatbestand und Sie sind wegen Beihilfe dran. Wie nach Ihrer Verurteilung die Chancen stehen, das alleinige Sorgerecht für Ihre Kinder zu bekommen, können Sie gern beim Jugendamt erfragen.«

Ich reiche ihr die Visitenkarte der Sozialarbeiterin, die ich genau für diesen Zweck besorgt habe.

Sie kneift die Augen zusammen und fragt, ob ich sie erpressen wolle.

Erpressen? Ich bin gewiss nicht auf Krawall aus. Ganz im Gegenteil. In ruhigem Ton beantworte ich ihre Frage. »Ich bin Kinderpsychologin und erlebe Tag für Tag, was ein Rosenkrieg bei Scheidungskindern anrichtet. Ersparen Sie Ihrem Sohn und Ihrer Tochter dieses Leid. Lassen Sie ihnen den Vater, denn das wird er immer bleiben, auch wenn Sie und er kein Paar mehr sind.«

»Ich liebe meinen Mann und will ihn nicht verlieren.«

»Sie geben vor, ihn zu lieben, und gleichzeitig tun Sie ihm so etwas an? Sie haben sich völlig verrannt, Frau Feldenbach. Und ganz nebenbei, Sie können Sascha nicht verlieren, weil Sie ihn nie besessen haben. Liebe hat nichts mit Besitz zu tun. Denken Sie mal darüber nach. Noch ist es nicht zu spät, den richtigen Weg einzuschlagen.«

Ich drehe mich um und gehe zurück zur Straße. Gerade will ich ins Auto steigen, als sie laut meinen Namen ruft.

»Bitte warten Sie«, fordert sie mich auf und nähert sich dem Wagen. Völlig verängstigt fragt sie, was sie jetzt tun soll.

»Handeln Sie wie eine Mutter.«

»Werden Sie Sascha von unserem Gespräch erzählen?«

»Von welchem Gespräch? Ich war nie hier.«

Mit der festen Überzeugung, dass Melanie Feldenbach das Richtige tun wird, fahre ich zu Mara in den Verlag.

Bis auf die Empfangsdame sind keine Mitarbeiter mehr zu sehen. Die Schreibtische, an denen noch vor einigen Monaten zahlreiche Redakteure gearbeitet haben, wurden bereits in Folie verpackt und stehen zur Abholung bereit.

»Es ist also endgültig aus?«, frage ich meine Freundin.

Mara schüttelt den Kopf. »Ich verkleinere nur. Im nächsten Monat beziehe ich neue Räume.«

»Du allein?«

Sie grinst. »Ich und mein neuer Investor. Mit Huberts Beteiligung werde ich ein neues Online-Magazin ins Leben rufen.«

»Hubert? Dein Pokerfreund?«

»Genau der.«

Ich bitte sie, mir die Videoaufzeichnungen vorzuspielen.

Kopfschüttelnd sehe und höre ich, wie Konstantin sich mit seiner Tat brüstet.

»Guck sie dir an, die beiden Scheißkerle. Und an die haben

wir unsere besten Jahre verschleudert«, schimpft Mara.

Ich widerspreche. »Falsch, die besten Jahre liegen erst vor uns.«

Sie schickt mir die Sequenz auf mein Smartphone, in der Konstantin seinen Kumpel Alex bittet, ihm kräftig auf die Nase zu schlagen. Mit dem allergrößten Vergnügen und einer knappen Textmitteilung leite ich den Filmausschnitt an ihn weiter.

> Es gibt noch mehr bewegte Bilder von deinem Komplott. Wenn du sie sehen willst, dann wende dich an die Kripo, die diesen Fall bearbeiten wird.

Es dauert keine fünf Minuten, bis Konstantin mich anruft. Ich stelle auf Lautsprecher, damit Mara mithören kann.

»Ich warne dich, Tori.«

»Ich glaube nicht, dass du in der Position bist, Warnungen auszusprechen.«

»Wenn du das Video der Polizei übergibst, bin ich erledigt. Sollte ich wegen dieser Sache juristisch belangt werden, ist es vorbei mit meiner Karriere.«

»Daran hättest du vorher denken sollen.«

Sein Ton wird milder. »Tori, ich bitte dich, ich flehe dich an, tu das nicht.«

»Bring das schnellstens in Ordnung. Ich gebe dir bis morgen Zeit.«

Goldener Oktober

Tori

Zufrieden betrachte ich mein neues Arbeitszimmer und weiß, dass sich meine kleinen Patienten in diesem freundlichen Raum sehr wohlfühlen werden.

Nachdem Sascha für die Immobilie seiner Mutter einen sensationellen Verkaufserlös erzielt und Konstantin mir meinen Anteil am Haus ganz unbürokratisch ausgezahlt hat, konnten wir uns eine Jugendstilvilla leisten. Sie liegt nur zwei Straßen vom Reihenhaus der Feldenbachs entfernt. Auf diese Weise haben Saschas Kinder die Möglichkeit, ihren Vater immer zu sehen, wenn ihnen danach zumute ist.

Auch heute ist ihnen danach, denn sie wollen die Eröffnung meiner neuen Praxis nicht versäumen.

Schon wieder klingelt es an der Tür und ich frage mich, wer das sein kann.

Es ist ein Bote, der mir Blumen bringt. Bevor ich den Strauß ins Wasser stelle, lese ich den Brief, der beiliegt.

Liebste Tori,
wir hoffen, du nimmst es uns nicht übel, dass wir deiner Eröffnungsfeier fernbleiben. Thomas und ich genießen mit den Kindern die Herbstsonne an der Ostsee. Die Seeluft bekommt ihm gut. Er wirkt von Tag zu Tag kräftiger. Besonders herzliche Grüße soll ich dir von Trude Kaufmann ausrichten. Leider ist ihr Strandhaus im nächsten Sommer schon komplett ausgebucht. Aber ich hätte eine Idee, wie wir trotzdem zusammen unseren Urlaub verbringen könnten. Was hältst du von einem Segeltörn? Stimme zu, und ich überrede Thomas, die Melody zu chartern.

Ich drücke dich. In Liebe, Irina

Saisonende

Trude

Ganz ehrlich? Ich kann es kaum erwarten, dass meine letzten Feriengäste abreisen und ich wieder in die Hauptwohnung ziehen kann. Dieser Sommer hatte es in sich und ich frage mich gerade, wie lange ich mir das noch antun werde.

Ich erwarte Marlies, die mir beim Umzug nach oben helfen will und mir tatkräftig zu Hand gehen wird, damit aus der Ferienwohnung wieder mein gemütliches Winterquartier wird.

Es klopft und ich wundere mich. Üblicherweise schneit meine Freundin herein, ohne sich zuvor bemerkbar zu machen.

»Darf ich eintreten?«

Verwundert drehe ich mich um. »Annette?« Ich traue meinen Augen nicht, als ich meine Tochter vor mir stehen sehe. Ich bin nicht fähig, ihr zu antworten, ein dicker Kloß im Hals nimmt mir die Stimme.

Ich tue das, was Mütter tun, wenn das eigene Kind nach zwanzig Jahren endlich wieder den Weg nach Hause findet, ich breite meine Arme aus.

Sie versteht meine Geste und drückt mich ganz fest.

»Endlich«, schluchze ich, denn ich hatte den Glauben an

ein Wiedersehen längst aufgegeben.

»Es tut mir leid, Mama.«

»Jetzt bist du ja da.«

»Ich bleibe ein paar Tage, wenn du willst.«

»Ob ich will? Was ist denn das für eine Frage? Ich werde dich nie wieder loslassen, mein geliebter Schatz. Marlies wird Augen machen, wenn sie dich hier antrifft.«

»Sie wird nicht kommen. Ich werde dir helfen, so hab ich es mit ihr abgemacht. Wir müssen uns endlich aussprechen, Mama.«

»Bei Kaffee oder Tee?«

»Ist kein Calvados im Haus? Sollten wir auf unsere Versöhnung nicht besser mit einem richtigen Tropfen anstoßen?«

Ich verstehe. Das ist Annettes Art, mir zu sagen, dass sie mit Jean-Maurice ihren Frieden gemacht hat.

ENDE

Bisher erschienen

Zeit der Seesterne
Blutorangen Duett
Blutorangen Terzett
Blutorangen Quartett
Alias Nora Parker
Lila ist der Duft der Wahrheit
Frühstück inklusive
Herzklopfen und kalte Füße
Herzklopfen und kalte Hände
Kalte Milch und Kummerkekse
Warme Milch und Kummerkekse
Apfelkomplott
Wer liebt … vergibt
Lady Marmelade Band 1 + 2 + 3
Ausgeflittert Band 1 + 2 + 3
Inkognito
Blindes Vertrauen und fatale Begierde
Urlaub mit dem Ex
Alle lieben Molly … ich nicht
Liebe ist wie Radfahren
Ledig … Geschieden … Verwitwet
Fatales Schweigen

Nie wieder Toskana
Die Pflegerin
Verhängnisvolle Ferien
Erben für Anfänger
Die Gesellschafterin
De Schauspelerin
Halbe 25
Ein unvergesslicher Single-Sommer
Club der Feinschmecker
Die Treuetesterin

24135776R00141

Printed in Poland
by Amazon Fulfillment
Poland Sp. z o.o., Wrocław